Histórias Desagradáveis

Histórias Desagradáveis

Gladstone Machado de Menezes

L·G·E
EDITORA

Revisão
Maria Clarissa Rocha Vale

Projeto Gráfico
Gabriel Menezes

Fotografias
Carolina Vianna & Gladstone Machado de Menezes

Esta obra teve o patrocínio do Fundo de Arte e Cultura - FAC
da Secretaria de Estado de Cultura do Distrito Federal

Dados Internacionais de Catalogação na Publicação (CIP)

Menezes, Gladstone Machado de
Histórias Desagradáveis / Gladstone Machado de Menezes . — Brasília : LGE, 2010.

152 p. 21 cm

ISBN 978-85-7238-439-1

1. Contos. 2. Literatura Brasiliera. I. Título.

CDU 82-34

"Os acontecimentos da vida amorosa são tão fúteis que só têm acesso à escritura através de um esforço imenso. Não se tem coragem de escrever aquilo que, ao *ser escrito*, denuncia a própria mediocridade. Só o Outro poderia escrever meu romance."

Roland Barthes, Fragmentos de um Discurso Amoroso.

Toni

Mês passado eu fiz sete anos. Quando eu tinha cinco anos, papai e mamãe separaram-se. Mamãe e eu mudamos pra chácara da vovó. A vovó chama-se Alcina, mas todo mundo chama ela de Cina e chama a chácara de Chácara da Vovó Cina. Papai se mudou pra outra cidade porque precisava ganhar dinheiro pra pagar a minha pensão. Mamãe adoeceu por causa da separação. Ela foi internada e ficou muito tempo no hospital. Eu visitei ela uma vez. Eu tomei banho sozinho, a gente almoçou cedo e Pedro levou a gente de caminhonete até a parada do ônibus na estrada. A caminhonete é velha. Pedro é o caseiro. Ele dirige a caminhonete e cuida da horta e dos bichos porque Vovô Toninho, o marido da vovó, morreu antes de eu nascer. A gente esperou um tempão debaixo da sombrinha da vovó. Fazia calor. Faltava uma telha no telhado do ponto de ônibus. A gente entrou pela porta da frente do ônibus porque vovó Cina é idosa, ela não paga passagem. Pra não pagar passagem é só ela mostrar a carteira de identidade pro motorista. Eu também não pago passagem nem tenho carteira de identidade porque ainda sou criança. Criança até sete anos passa por baixo da roleta. Eu não passei por baixo da roleta porque vovó sentou-se no lugar reservado pros idosos na parte da frente do ônibus. O ônibus balançava e rodou muito, demorou a chegar no asfalto, demorou a entrar na cidade. Eu cochilei no colo da vovó. Acordei na hora de descer na parada na frente do hospital. Era só atravessar a rua. O hospital era enorme. Havia uma fila na portaria. O porteiro anotou o número da carteira de identidade da vovó. Só entrava na enfermaria quem tivesse carteira de identidade. Eu estava com vovó e eu era criança, por isso o porteiro me deixou entrar sem carteira de identidade. Enfermaria é o lugar onde os doentes são curados das doenças. A enfermaria era comprida, cheia de camas com doentes. As camas dos doentes eram grandes, feitas de ferro. Debaixo das camas tinha uma manivela. As manivelas servem pra levantar a cabeceira da cama na hora do doente comer. Eu perguntei a vovó Cina porque a gente não comprava uma cama igual quando mamãe saísse do hospital. Não podia, as camas daquele tipo são caras demais. Eu espiava em todas as camas pra reconhecer mamãe. Muitos doentes se cobriam com lençol listrado de branco e azul. Eu não via as caras dos doentes por causa da altura das camas. Eu tinha seis anos, ainda não era grande. Vovó segurou o meu ombro, me empurrou, fez sinal de silêncio com o dedo na boca, igual à enfermeira no cartaz da entrada. A enfermeira do cartaz era mais nova que vovó Cina. Era loira, usava um chapeuzinho branco com uma cruz vermelha desenhada na frente. Vovó é velha, o cabelo dela é branco e ela usa lenço amarrado por trás da cabeça pra prender o cabelo. A enfermeira da foto era mais bonita que vovó Cina. Vovó tem rugas e manchas no rosto e nas mãos. As rugas e as manchas do rosto e das mãos da vovó apareceram porque ela tomava sol trabalhando na chácara, sem usar nem chapéu nem filtro solar. Na época dela não existia filtro solar. Eu não me lembro porque eu era pequeno, eu acho que eu nem tinha nascido. Papai e mamãe moravam na cidade quando eu nasci. A gente visitava vovó no final de semana. Era na época que papai e mamãe ainda estavam juntos. Mamãe passava filtro solar em mim. Por isso minha pele não vai manchar e enrugar igual a da vovó quando eu ficar velho. Vovó Cina parou na frente de uma cama. Vovó sabia que era mamãe por causa do número da cama. O hospital tem uma lista com os nomes dos doentes e o número das camas. É mais fácil pra achar o doente. Era mesmo mamãe. Ela estava dormindo. A gente ia esperar ela acordar. Ia demorar. Na chácara mamãe dormia à tarde. Ela me obrigava a dormir com ela. Ela demorava a acordar. Eu queria brincar e não podia, eu tinha que ficar quieto e em silêncio pra não acordar mamãe. Mamãe sempre dormia muito, ainda mais no hospital, que ela não tinha nada pra fazer. Pedro me explicou que mamãe dormia muito por causa dos comprimidos que o médico receitava. Vovó sentou na cadeira ao lado da cama. Me sentou no colo dela. Eu não estava cansado. Não queria sentar. Mas tinha que obedecer. Tinha uma mesa de metal da altura da cama ou mais alta. Era uma mesa pequena, eu nunca tinha visto uma mesa parecida. Em cima da mesa tinha uma garrafa de água e dois copos. Eu estava com sede. Vovó não deixou eu beber água no copo. Eu me lembrei que tinha esquecido de levar um brinquedo, bem que vovó falou antes da gente sair pra eu levar um, eu não prestei atenção. Eu estava ocupado vestindo a roupa de passear, penteando o cabelo e amarrando o tênis. Podia ter trazido o carrinho de ferro ou o marionete de madeira. Se eu tivesse trazido um brinquedo demorava menos até mamãe acordar. Eu não tinha nada pra fazer. Só olhar as camas dos doentes. Eu perguntei se era mesmo mamãe. Pra ter certeza. Vovó cochichou pra eu calar a boca. Eu não sabia direito qual era a doença de mamãe, vovó explicou, mas eu não entendi bem. Mamãe adoeceu de tristeza por causa da separação. Aí ela foi internada.

Pedro falou que ela não ia sair tão cedo. A gente esperou um tempão. A minha sede aumentou. Eu senti vontade de fazer xixi. Segurei a bexiga, senão vovó brigava comigo. A vontade de fazer xixi não acabava. Vovó limpou o copo com guardanapo. Deixou eu beber um pouco de água. Ao invés de melhorar, a vontade de fazer xixi piorou. Minha barriga começou a doer. Eu não aguentava mais, eu ia fazer xixi na calça. Vovó Cina me mandou segurar a vontade. Falou que não existia banheiro no hospital. Perguntei como os doentes faziam as necessidades. Ela me mandou calar a boca. Então ela mandou eu perguntar pra enfermeira onde era o banheiro. Eu não vi nenhuma enfermeira. A doente acordada na cama ao lado da cama da mamãe me mostrou onde era o banheiro. Vovó disse pra eu não encostar em nada, pra lavar as mãos depois de fazer xixi. Quase não deu tempo, mas eu consegui. Eu encostei na torneira pra lavar as mãos. Eu voltei correndo. Vovó brigou comigo porque a correria perturbava os doentes. A doente ao lado da cama da mamãe era idosa. As pessoas idosas são parecidas umas com as outras. A doente idosa parecia bastante com a vovó. As duas eram velhas. Vovó Cina me ensinou que a gente não deve chamar as pessoas velhas de velhos, a gente deve falar idosos. Os olhos da doente idosa eram verdes, os da vovó são castanhos. Além disso, vovó é mais gorda. A doente idosa perguntou se mamãe era a filha, vovó respondeu que não, mamãe era nora dela. Eu sou o netinho. Eu não sabia o que quer dizer a palavra nora. A doente idosa me olhou com os olhos bem abertos. Ela queria conversar. Os médicos só não deixam os doentes conversar quando eles têm doença na garganta. Eu estava cansado de não fazer nada. Vovó não gosta de conversar comigo. Mamãe ia demorar a acordar. A doente idosa perguntou o meu nome. Todo mundo me chama de Toni, mas o meu nome verdadeiro é Antônio. É o mesmo nome do papai. Também era o nome do meu avô que morreu. Eu não gosto muito do nome Antônio, eu gosto mais de Toni. Vovó diz que Toni não é nome de gente. Nem é nome de bicho, eu acho. Na chácara da vovó Cina não tem bicho chamado Toni a não ser eu, mas eu não sou bicho. Na chácara tem uma vaca chamada Pintada. A vaca Pintada tem dois filhos. Um é o boi pequeno chamado Marrão, o outro é um bezerro novinho que ainda não tem nome. A vaca Pintada dá muito leite. O boi pequeno chamado Marrão parou de mamar faz tempo. O bezerro novo sem nome mama pouco, Pedro tira quase todo o leite da mãe dele. O bezerro novinho berra de fome no curral. Eu tenho pena dele. Na chácara tem também os gatos chamados Mimi e Chaninho, eu quase não vejo eles, eles vivem em cima do telhado. Eu não gosto de gato. Os gatos unham a gente. Vovó Cina gosta de gato. Os gatos são úteis, caçam os ratos no paiol. Tinha uma cadela pequena chamada Bilu. Ela morreu mordida de cobra. Pedro tem uma cadela perdigueira branca pintada de marrom chamada Diana. Tinha um papagaio chamado Louro. Ele era todo verde, os olhos eram vermelhos. Um dia Pedro se esqueceu de por o Louro pra dentro. De noite a coruja pegou, deixou só as penas. Tem as galinhas, o casal de patos e o peru, mas eles não têm nome. Tem também tatu, gambá, periquitos, pombos verdadeiros, pássaros pretos. Pedro disse que tem até seriema. Eu nunca vi. Nem tatu, nem gambá nem seriema. São bichos do mato, eles não entendem a gente. Tem também um cavalo branco chamado Silver. É o nome mais parecido com o meu. Silver parece com o meu sobrenome. Papai me ensinou que Silver significa prata em inglês. O cavalo Silver é branco. Por isso o nome dele é Silver. Eu acho errado. A cor prata é parecida com a cor branca, mas não é branco, é prateado. Eu aprendi como se fala branco em inglês, mas esqueci. Eu contei pra doente idosa que papai trabalhava em outra cidade. Vovó me beliscou no braço. Doeu demais, eu quase chorei. Vovó me colocou no chão. Bem nessa hora mamãe acordou. Eu não vi o rosto dela. Eu só vi as mãos da mamãe pra fora do lençol. As mãos dela estavam enfaixadas com um curativo bem grande de esparadrapo. Só os dedos de fora. Vovó me pôs no colo de novo pra mamãe me ver. Mamãe não me reconheceu na hora. Deve ser porque eu cresci. Mamãe não prestava atenção na gente. Tive vontade de abraçar ela. Não podia, ela estava fraca. Ela podia pegar alguma doença. Quando a gente anda na rua ou de ônibus a gente pega micróbios que ficam na roupa e transmitem doenças. Vovó Cina explicou que a doença de depressão não pegava. Mamãe sorriu. Não sei se ela reconheceu a gente. Os lábios dela estavam cheios de casquinhas brancas. Vovó perguntou se ela estava com sede. Vovó me colocou de novo no chão pra dar água pra ela. Eu sou pesado. Vovó não pode carregar peso. Ela tem problema de coluna. Mamãe levantou a mão, ia passar a mão na minha cabeça, o braço dela tombou. Estava pesado por causa dos curativos ou era fraqueza. Eu cheguei mais perto. Eu segurei a vontade de chorar. Eu não podia chorar na frente da mamãe. A tristeza dela piorava e a alta demorava mais. As pessoas doentes de depressão tomam remédio pra dormir. A cura pode demorar anos. Às vezes não cura nunca. Eu segurei nos dedos dela. Ela dormiu de novo. Eu soltei a mão dela. A gente esperou ela acordar. Não acordou. Vovó despediu-se da doente idosa e a gente foi embora. Depois que a gente saiu, eu perguntei por que mamãe não tinha reconhecido a gente. Vovó falou que era por causa dos remédios. Mamãe ia ficar boa e alegre e voltar logo pra casa pra cuidar de mim. Ia demorar porque os remédios que o médico receitou demoravam a fazer efeito. O calor estava forte. Passavam muitos carros na rua. A gente foi a pé até o centro pra tomar sorvete. O nosso ônibus só saía às cinco. Eu adorei a ideia do sorvete. Vovó Cina é boa demais pra mim. Ela segurou minha mão na hora de atravessar a pista. Andar na rua era melhor do que esperar sem fazer nada no hospital ou na parada de ônibus. Vovó andava depressa. O tênis apertava em cima do calcanhar. Me deu vontade de fazer xixi de novo. Eu aguentei. Se eu reclamasse, a gente não tomava sorvete. A gente chegou rapidinho na sorveteria. O balcão era alto. Com tampa de vidro. Eu não enxergava os sorvetes lá dentro. Eu vi uma abelha. Eu tive só um pouco de medo de ser picado. Picada de abelha dói. Eu nunca fui picado nem por abelha nem por marimbondo. Uma abelha picou a língua de Pedro. Ele passou dois dias sem nem poder beber água. Eu queria ver os sorvetes pra escolher. Vovó não me levantou por causa do problema de coluna dela. Eu pedi pra ela dizer os nomes dos sorvetes. Só tinha morango e chocolate. Estranho o balcão grande só ter dois tipos de sorvete. Eu acho que vovó mentiu. Ela estava impaciente. Eu não reclamei. Escolhi o sabor de morango na casquinha. Vovó escolheu sorvete de chocolate no copo. O sorvete estava gostoso. Eu comi até a casquinha. Fiquei com vontade de tomar outro. Não podia, só tinha sobrado o dinheiro trocado da passagem. Vovó olhou no relógio. Me levou pra lavar a mão no banheiro e eu aproveitei pra fazer outro xixi. Estava na hora do nosso ônibus. O ônibus estava cheio. Um homem que não era idoso sentado no lugar reservado para os idosos levantou-se pra dar o lugar pra vovó e ela me colocou no colo. Falei que mamãe nem parecia doente, que ela só estava meio esquecida. Perguntei se ela ia morrer. Vovó me mandou calar a boca. Quando olhei pela janela, a gente estava na estrada de terra. Vou pular de contar uma

parte que demorou bastante a passar e aconteceu pouca coisa. Mamãe saiu do hospital e papai foi transferido pra trabalhar mais perto da gente. Ele me pegava no primeiro final de semana de cada mês. Ele vinha no sábado de manhã. De carro novo. Vovó arrumava minha mochila. Mamãe não saía do quarto. Ela chorava na hora de se despedir. Papai esperava no carro. Eu esperava mamãe parar de chorar e de me abraçar. Demorava. Papai me trazia mais cedo no domingo porque na chácara a gente dormia antes das dez da noite. Eu ajudava papai a dirigir na estrada de terra. Depois de passar a porteira ele me colocava no colo e deixava eu segurar o volante. Papai se mudou pra um apartamento em um prédio com elevador. O apartamento estava bagunçado. Papai arrumou um colchão na sala. A gente assistia televisão deitado no colchão. Papai perguntou se eu queria morar com ele. Eu ia ter um quarto só pra mim, ele ia me dar um videogame, eu ia brincar com os outros meninos do prédio. Eu não tinha certeza se queria. Se morasse com papai eu ia sentir saudades da vovó e da mamãe. Ele ia me deixar passar os finais de semana na chácara. Se tudo desse certo ele me matriculava na escola. Eu decidi morar com ele quando fizesse sete anos. Eu tinha seis anos e meio quando mamãe foi internada. O juiz mandou papai cuidar de mim enquanto ela não se curasse. Por isso papai mudou-se pra mais perto. Eu ia morar com papai pra sempre. Vovó Cina me abraçou calada sem chorar. Papai comprou o videogame. Instalou na sala de televisão. Eu só sabia jogar um jogo. Hugo me ensinou os outros. Hugo é um amigo do papai. Eu conheci Hugo na época que papai me pegava nos fins de semana. Hugo passava o fim de semana com a gente. Hugo é legal. Eu gosto dele. Papai também gosta. Papai não conseguiu vaga pra mim na escola. Eu não tenho nada pra fazer. Maria cuida de mim. Maria é a empregada. Ela vive ocupada, não tem tempo pra conversar. Eu assisto desenho animado na televisão, jogo, brinco sozinho. De tarde Maria desce comigo. Eu brinco com as outras crianças do prédio enquanto ela conversa com as amigas. Eu tenho poucos amigos porque faz pouco tempo que eu moro no prédio. Eu ainda não aprendi o nome de quase ninguém. A gente sobe na hora de Maria preparar o jantar. Eu tomo banho sozinho. Papai me ensinou a enxugar o banheiro. Hugo sai do trabalho mais cedo pra jogar videogame comigo. A gente espera papai chegar. Depois da janta a gente assiste televisão deitado nas almofadas. Às vezes eu durmo e papai me acorda pra eu ir deitar na cama. Papai gosta de conversar. Ele quase não tem tempo, ele sai cedo e chega tarde do trabalho. Papai nunca briga comigo. Ele só não gosta quando eu entro no quarto dele sem bater na porta. Eu já vi várias vezes Hugo deitado na cama. Um dia eu perguntei por que Hugo entrava no quarto sem bater e deitava na cama. Por que papai dormia em cama de casal se não era mais casado. Ele respondeu que dormia na cama de casal porque gostava de espaço. Que Hugo podia ficar lá porque era adulto. Quando eu crescesse, ele me explicava melhor. Esperei ele dizer mais alguma coisa, papai gosta de explicar tudo, mas ele não explicou mais nada. No mesmo dia vovó Cina telefonou. Fui passar o fim de semana na chácara. Meu coração chegava a doer de saudades de mamãe e da vovó Cina. Papai deixou eu levar o videogame. Deixou eu ficar dez dias. Mamãe me esperava na varanda. Ela tinha emagrecido. Me abraçou forte, eu quase fiquei sem respiração. Ela me perguntou uma porção de coisas, deu preguiça de responder tudo. Pedro me ajudou a instalar o videogame. Não deu certo, ele não entendia de videogame. Falei que ganhei três jogos novos de Hugo. Mamãe foi pro quarto. Eu devo ter dito alguma coisa errada.

Eu não tinha certeza se ela chorou. Mamãe sempre chorava quando discutia com papai. Ela se trancava no quarto do mesmo jeito, papai batia na porta, pedia pra ela abrir, pra ela agir como adulta. Eu acho que eles se separaram por causa do jeito da mamãe. Ela era muito criança pra idade dela. Bati na porta do quarto. Mamãe abriu. Eu pedi desculpas. Pedi pra ela não chorar. Mamãe prometeu fazer pudim de leite condensado. Ia deixar Pedro me levar no trator. Acho que mamãe estava quase curada da doença de depressão. A gente andou de cavalo. Eu ajudava mamãe a jogar milho pras galinhas e cuidar do porco. Vovó comprou o porco do vizinho quando eu me mudei para a casa do papai. O porco era pequeno. Cresceu e engordou de tanto comer. Ela me deixou escolher o nome do porco. Eu ainda não encontrei um nome bom. Eu tenho um pouco de medo dele. É perigoso chegar perto do porco, mordida de porco deve doer. O cheiro dele é horrível. O cheiro é ruim por causa da comida que dão pra ele. Chama-se lavagem. É feita com a sobra de comida da gente. Quando o porco engordar bastante, Pedro vai matar ele pra fazer linguiça. Ele disse que o resto da carne a gente vai comer na época do natal. Eu gosto de linguiça, mas se for mesmo verdade que o porco vai morrer, eu não terei coragem de comer. Estava perto do dia de voltar pra casa do papai por causa da ordem do juiz. O dia de ir embora foi triste. Eu tive medo da mamãe adoecer de novo. Vovó arrumou as minhas coisas. Eu tomei banho, vesti a roupa, penteei o cabelo e esperei papai chegar sentado no sofá da sala pra não sujar a roupa. No outro dia papai deixou eu e Hugo no shopping. Combinou lanchar com a gente mais tarde. Não dava tempo de ver um filme. A gente olhou as vitrines das lojas de roupa. Hugo gostava. Hugo comprou dois sacos de batatas fritas, um pra ele outro pra mim. A gente foi na Divertilândia. Tinha fila em todos os brinquedos. A gente não foi em nenhum. Estava na hora de encontrar papai na praça de alimentação. Papai queria conversar. Perguntou se eu preferia lanchar naquela hora. Eu não sentia fome por causa das batatas fritas. Era melhor comer depois. Só não podia demorar demais porque eu não sabia a hora que ia sentir fome. Hugo foi dar uma volta. Eu preferia ir com ele. Quando papai fica sério é meio chato, eu não gosto de ouvir. Ele fala muitas palavras. Papai me chama a atenção quando percebe que eu estou distraído. Aí começa a explicar tudo do começo. Eu descobri um jeito dele não perceber. É só balançar a cabeça. Ele continua, ele pensa que eu entendi e eu não preciso ter medo de pensar outras coisas. Ele começou a falar. Se eu não entendesse, eu pedia pra ele explicar. Se mesmo assim eu não entendesse, eu ia compreender quando fosse mais velho. Se eu interrompesse ia demorar mais de uma hora, Hugo voltava e a conversa ainda não teria terminado. Ficava tarde, eu ia sentir sono e prestava menos atenção. A conversa ia ser difícil. Eu tive medo dele falar sobre mamãe. Ele nunca falava dela. Eu pensei que ele ia me contar que ela tinha morrido ou que foi internada outra vez ou então que ele não era meu pai de verdade, que eu tinha sido adotado no orfanato. Não era nada disso, ainda bem. Ele falou que eu devia saber certas coisas pra entender quem ele era de verdade. Ele amava mamãe. Por isso se casaram. Eu nasci por causa do amor deles. Eles gostavam de mim. Não sei se era verdade, Pedro me explicou que os filhos nascem depois que o pai e a mãe fazem sexo. Eu não sei bem como é, devo lembrar de perguntar. O amor do papai por mamãe tinha acabado. Por isso eles se separaram e mamãe adoeceu de tristeza. Ele mesmo tinha ficado triste, só não adoeceu. A separação tinha sido melhor pra nós três. Eu não me lembrava, eu tinha só cinco anos na época. Papai mudou-se pra ganhar dinheiro pra pagar a minha pensão. Pensão era um dinheiro que o juiz mandava ele depositar no banco, na conta da mamãe. Com o dinheiro da pensão, mamãe comprava leite em pó, brinquedos, pagava o médico e essas coisas pra criança crescer com saúde. Papai parou de falar. Eu pensei que tinha acabado. Não tinha. Era pra mudar de assunto. Existiam muitos tipos de amor além do amor do marido e da mulher ou do amor dos pais pelos filhos. Por exemplo, uma mulher podia amar outra mulher. Ou um homem podia amar outro homem. Quem amava outra pessoa do mesmo sexo podia namorar, morar na mesma casa, dormir na mesma cama, poderiam até se casar. Não era errado. O amor era o mais importante de tudo pra qualquer pessoa do mundo. Eu nunca tinha ouvido falar sobre homem que namorasse outro homem. Eu pensava que homem só podia namorar mulher. Pedro tinha uma fotografia da namorada dele na carteira. A namorada de Pedro morava em outra chácara. Ele se encontrava com a namorada todo domingo. Vovó tinha um portarretratos com a fotografia do meu avô Antônio, o marido dela, pai do papai, eu já contei que meu nome é Antônio por causa de vovô Toninho, que ele morreu antes de eu nascer. Eu só não me lembrava se mamãe tinha um retrato do papai. Eu não entendia bem a explicação. Não deu tempo de falar. Papai perguntou se eu gostava de Hugo. Eu gostava. Hugo vivia lá em casa, brincava comigo, me ensinava as dicas pra passar de nível no videogame, me dava presentes legais. Papai gostava de Hugo. Hugo gostava de nós dois. Eles eram namorados. Perguntou se eu achava bom Hugo morar com a gente. Eu falei que no meu quarto cabia outra cama. Papai riu. Eu me senti meio bobo. Eu entendi porque papai tinha sorrido. Hugo já dormia junto com ele na cama de casal. Hugo era o namorado do papai. Foi isso que papai disse. Hugo ia dormir na cama de casal junto com ele. Eles se amavam. Era como se eles casassem. Do mesmo jeito como papai se casou com mamãe. Eu ia ser uma espécie de filho deles. Eu perguntei se eles iam ter outro filho. Só se fosse adotado. Porque homens não engravidam. Mesmo sem entender direito, era ao mesmo tempo bom e esquisito papai namorar o Hugo. Hugo ia morar lá em casa, a gente ia brincar mais tempo. Esqueci de pedir pra ele explicar como os filhos nasciam, se era mesmo depois dos pais fazerem sexo ou se era por causa do amor. Não sei se Hugo também ia ser meu pai. Eu tentei lembrar tudo pra poder explicar a mamãe e vovó no sábado. Papai falou que eu podia tentar, mas era difícil fazer as duas entenderem. Eu devia explicar de jeito que mamãe não ficasse triste e voltasse pro hospital. Papai podia fazer as pazes com a mamãe pra me ajudar a explicar. Se mamãe arranjasse um namorado ou uma namorada talvez ela entendesse, talvez ela se curava de vez. Papai riu. Ia conversar de novo. Meu sono aumentou. Abri a boca pra bocejar. Por sorte Hugo chegou. Ele olhou pra papai e papai olhou pra ele. Eles sorriram. Eu olhei os dois e ri também. Eles riram pra mim. Eles estavam sem graça. Hugo passou a mão na minha cabeça. Deu a volta na mesa e passou a mão na cabeça do papai. Eu senti um pouco de vergonha, parecia que todo mundo da praça de alimentação olhava pra gente. A conversa tinha terminado. Hugo piscou pra mim. Hugo tinha visto um tênis na loja de esportes, ia me dar o tênis de presente quando eu fizesse oito anos, ou antes. Ele estava com fome. Pediu um sanduíche. Papai perguntou se eu estava com fome, se eu não queria dividir uma pizza com ele. Fiquei na dúvida de pedir pizza ou sanduíche igual ao de Hugo. A gente esperou um tempão pra pizza chegar. O assunto tinha acabado. O sanduíche de Hugo veio antes, com refrigerante, torta de maçã e um saquinho com um brinquedo de montar. Hugo me ofereceu um pedaço, eu não queria. Eu queria o brinquedo. Eu estava curioso pra abrir o saquinho. Era um ovo de plástico com um dinossauro verde dentro. Não gostei. Era um brinquedo pra criança pequena. Eu já estava crescido. Comi só uma fatia da pizza. Deitei a cabeça no colo do papai. Pensei no tênis. Lembrei de perguntar com qual idade a gente deixava de ser criança. Quando eu crescer, eu quero ter um amigo igual a Hugo.

Mariazinha

1

Era uma vez uma história triste. Aconteceu no tempo das vacas magras.

Bem longe, no meio da floresta cortada por um rio caudaloso, em uma cabana tão pobre que só por milagre mantinha-se em pé, morava um casal de idosos.

O idoso pescava e vendia os peixes na feira da aldeia. A idosa lavava roupa pra fora. O único filho deles tinha sumido no mundo quando fez catorze anos e nunca mais mandou notícias.

Um dia que o idoso não tinha pescado nem uma piaba, veio um cesto boiando na correnteza. O idoso remou até o meio do rio e recolheu o cesto. O idoso levou um susto. Ao invés de dinheiro ou algo valioso para complementar a renda do dia, havia um bebê. O idoso amarrou a canoa na margem. Chamou a idosa, que lavava roupa no remanso:

- O que nós faremos, minha velha?

- A gente entrega pro polícia.

O idoso voltou para a pescaria, a idosa a bater a roupa na pedra e o bebê começou a chorar.

Os idosos levaram o bebê para a cabana. Estava cagado, mijado e com fome. A idosa deu banho, enrolou o menino em um cobertor velho. Só havia peixe e farinha para comer. A idosa fez pirão. No começo o menino engasgou, mas depois comeu até estufar a barriga. Não havia cama e muito menos berço. O menino dormiu na esteira, perto do fogão. Assim não morreria de frio.

No dia seguinte foram entregar o menino ao polícia na aldeia. A idosa levava a trouxa de roupa lavada na cabeça. O idoso levava em uma mão o cesto e na outra a fiada de peixes.

A idosa entregou a roupa, o idoso vendeu os peixes. O polícia tinha saído e ninguém sabia a hora que retornava:

- O que nós faremos, minha velha?

- A gente deixa na porta da delegacia com um bilhete.

Mas eles não sabiam escrever.

O idoso tinha o coração mole. Bateu de porta em porta para achar os pais do menino. Ninguém deu notícia. O povo da aldeia já tinha problemas demais. Ninguém ajudava ninguém. Os idosos voltaram com o menino para a cabana.

Todo dia o idoso levava o menino para a pescaria. Os pais podiam aparecer e o idoso receberia uma recompensa polpuda.

Seis meses passaram-se. Ninguém veio. O menino cresceu e engordou de tanto comer pirão de peixe. Nem cabia mais no cesto:

- O que nós vamos fazer, minha velha?

- O jeito é criar.

Passado um ano o menino aprendeu a andar e a falar. Era tão engraçadinho que Vovô e Vovó se apegaram. Menos um enjeitado no mundo. Menos um problema para o polícia cuidar.

Vovô e Vovó sempre quiseram uma filha. Chamaram o menino de Mariazinha.

2

Vovô e Vovó criaram Mariazinha como se fosse menina.

Dez anos depois de ter sido encontrado no rio, Mariazinha era a criatura mais linda das redondezas. Os olhos azuis, os cabelos cacheados, as bochechas aveludadas, a boquinha mais delicada que um botão de rosa.

Vestia um casaquinho vermelho de tricô com dois bolsos e capuz que o filho de Vovô e Vovó tinha usado quando era criança.

Além disso, Mariazinha era tão puro, tão bondoso, tão solícito, tão obediente e amava tanto Vovô e Vovó que parecia um anjo.

Mariazinha lavava, passava, carregava trouxa de roupa na cabeça, cozinhava, cuidava do roçado e vendia peixe na feira, sempre sorrindo. Só não aprendeu a ler e a escrever porque Vovô e Vovó achavam bobagem:

- Leitura não enche barriga.

Mesmo com toda dificuldade, a vida era tranquila.

Até espalhar-se a notícia de que um bandido perigoso tinha

fugido da cadeia e se escondido na floresta. A aldeia ficou em polvorosa. Trancaram as portas, taramelas nas janelas, ninguém saía de casa depois do anoitecer, ninguém perambulava sozinho pela estrada. Vovó e Mariazinha rezavam para o polícia prender logo o bandido fugido.

Bem cedo Mariazinha levava a roupa lavada e passada para a aldeia e trazia roupa suja para lavar. Às vezes trazia também mantimentos, cachaça e fumo de rolo para Vovô mascar. Quando sobrava tempo, Mariazinha parava na porta da escola da aldeia, para ouvir as lindas histórias que a professora contava aos alunos.

Um dia Mariazinha demorou a vender os peixes e voltou tarde. Vinha com o cesto cheio de mantimentos. Cantarolava para espantar o cansaço e o frio.

De repente ouviu um barulho. O coraçãozinho disparou.

- Não deve ser nada, só um preá entrando na toca.

Nem avançou dez passos quando saiu da moita um homem medonho. O sangue de Mariazinha gelou. Só podia ser o bandido fugido. E era. Mariazinha quis correr. O bandido segurou-o pelo braço.

- O que o senhor vai fazer comigo?

- Vou te comer inteirinho, meu pequenino boneco de carne.

Inocente, Mariazinha imaginou bolo com leite, cocada quebra-queixo, bala de mel. Não era nada disso. O bandido derrubou-o, arrancou o casaquinho vermelho, abusou dele o quanto quis. Quando terminou ainda roubou o dinheiro da feira. Ameaçou matá-lo se Mariazinha contasse pra alguém.

Mariazinha chegou em casa tarde da noite.

Por medo de morrer na mão do bandido, Mariazinha inventou que tinha sido perseguido por uma fera na floresta e na fuga tinha perdido os mantimentos e o dinheiro.

Levou uma surra com cipó de marmelo:

- Pra aprender a nunca mais mentir.

Mariazinha aprendeu. Daquele dia em diante só falaria a verdade.

Mesmo com o perigo rondando, Mariazinha precisava trabalhar.

Não deu outra. O bandido atacou de novo. Além de abusar de Mariazinha, roubou a trouxa de roupa.

Mariazinha ficou todo estropiado. Arrastou-se até a cabana. Desmaiou na soleira da porta. Dessa vez não mentiu:

- Foi o bandido fugido.

Vovó passou salmoura e cuidou dos ferimentos. Depois foram à aldeia registrar queixa. Por causa da trouxa roubada.

O polícia horrorizou-se:

- Só mesmo um pervertido pra fazer tanto estrago.

Prometeu fazer o bandido pagar em dobro todo o malfeito.

Ninguém ajudava o polícia a prender o bandido fugido. Por isso ele pegou confiança. Um dia apareceu na beira do rio. Arrastava um caixote pesado, onde guardava o fruto dos seus roubos. Queria atravessar.

Vovô tremeu de medo. Se negasse, o bandido o matava. Se atravessasse, com o peso do caixote a canoa afundava na correnteza. Se chegassem à outra margem, o bandido o matava para não deixar testemunha.

A hora de Vovô tinha chegado.

O bandido desistiu de atravessar. Deixou Vovô pedir perdão pelos pecados antes de acertar-lhe um tiro bem no meio da testa.

Mariazinha e Vovó voltaram da aldeia. Vovô não chegava. Anoiteceu e nada. Vovó mandou Mariazinha atrás dele:

- Lá fora está mais escuro do que breu.

Mariazinha acendeu uma vela.

Na beira do rio o vento apagou a vela. Mariazinha morreu de medo de voltar para a cabana no escuro. Encolheu-se no fundo da canoa, cobriu-se com o capuz do casaquinho de tricô vermelho e dormiu.

Mariazinha acordou com os primeiros raios do sol de um lindo dia. Esfregou os olhos, espreguiçou-se. Só então viu o corpo de Vovô encalhado na margem, os miolos espalhados na areia.

Nunca antes da chegada do bandido tinha acontecido crime tão horrível na aldeia.

O polícia veio. Ajudou a enterrar Vovô no roçado.

Mariazinha plantou uma roseira branca sobre o monte de terra.

Agora era só ele e Vovó no mundo.

O bandido continuou fugido.

3

Além de ajudar Vovó a lavar e passar, Mariazinha aprendeu a pescar para sustentar a casa.

Certa tarde ao voltar da aldeia Mariazinha ouviu vozes e risos vindos da cabana. Estranhou. Vovó nunca recebia visitas.

Ao abrir a porta Mariazinha viu Vovó e o bandido deitados na cama, a garrafa de pinga virada no chão:

- Vovó!

Vovó se cobriu com o lençol:

- Não morre tão cedo, a gente falava em você.

Mariazinha largou a trouxa de roupa suja em cima da mesa. Ia correr de volta pelo caminho para avisar ao polícia. Mas o bandido foi mais rápido. Agarrou-o pelos pulsos. Mariazinha ainda teve forças para perguntar:

- O que o senhor vai fazer comigo?

- Vou te comer inteirinho, meu pequenino boneco de carne.

O bandido abusou de Mariazinha no chão da cabana, diante de Vovó.

Quando acabou, Mariazinha tirou água do poço para se lavar e preparar a sopa para o hóspede.

Depois disso Mariazinha perdeu as esperanças.

O bandido fugido tinha tomado o lugar de Vovô. Ainda por cima Vovó gostava dele.

Quando o bandido enjoava de Vovó deitava-se com Mariazinha na esteira.

O bandido abusava de Mariazinha. Vovó nada fazia.

Vovó só queria saber de agradar ao bandido. Nem passava pela cabeça de Vovó delatá-lo ao polícia.

O bandido tomou conta da situação. Trouxe o caixote para enterrar no roçado.

4

Os dias emendavam-se aos outros, as semanas encadeavam-se aos meses e a vida na floresta seguia o seu rumo. Até Mariazinha completar doze anos.

Mariazinha já era um rapaz.

Um rapaz, mesmo tendo sido uma boa menina a vida inteira, mesmo sem entender as mudanças que aconteciam no próprio corpo, entende rápido os reveses da vida.

E começa a pensar em como se livrar deles.

Certa noite o bandido bebeu demais. Bateu em Vovó sem motivo, abusou de Mariazinha de todos os jeitos, obrigou Vovó a dormir na esteira e Mariazinha junto com ele, antes de emborcar escornado.

Mariazinha desmaiou de cansaço. No meio da noite sonhou que Vovó mexia nas coisas do bandido. O polícia vinha, algemava o bandido fugido e levava Mariazinha para morar no orfanato.

Acordou sufocado. Afastou o braço do bandido. Foi se deitar com Vovó.

Estava escuro. Mariazinha nem acendeu a vela para não acordar o bandido.

A esteira estava vazia.

Mariazinha pensou que Vovó tinha aproveitado o descuido e escapulido até a aldeia para denunciar o bandido fugido.

Mariazinha voltou a ter esperança.

Mal amanheceu, o bandido acordou com o grito de Mariazinha.

Vovó tinha se enforcado na viga do teto.

Debaixo de Vovó balançando na corda estava a carteira de identidade do bandido fugido.

Ele tinha o mesmo nome, a mesma data de nascimento do filho de Vovó e Vovô. Até os nomes da mãe e do pai do bandido eram Vovó e Vovô.

O bandido fugido era o filho de Vovó e Vovô que tinha sumido quando fez catorze anos.

O bandido nem se abalou:

- Velha safada. Já já a gente enterra.

Abusou de Mariazinha de novo até deixar os nervos dele em frangalhos.

O bandido guardava o revólver debaixo do colchão.

O revólver com o qual tinha matado o próprio pai.

Enquanto o bandido cavava a cova no roçado para enterrar Vovó, Mariazinha pegou o revólver.

O revólver estava carregado.

Mariazinha saiu na porta apontando o revólver para a testa do bandido. Ele largou a pá e levantou os braços:

- Ficou doido, Mariazinha?

Mariazinha nem pestanejou. Puxou o gatilho e atirou no bandido, bem no meio da testa.

Mariazinha tinha boa pontaria.

O corpo do bandido caiu no fundo da cova. Mariazinha só teve o trabalho de jogar terra e plantar grama por cima, para disfarçar.

Queimou a carteira de identidade do bandido no fogão. Fechou a porta da casa. Caminhou até a aldeia para chamar o polícia. Antes jogou o revólver no rio.

- O que você faz por aqui tão cedo, Mariazinha?

- Vovó morreu.

O polícia foi com Mariazinha até a casa. Cortou a corda, fechou os olhos de Vovó. Enterraram no roçado, ao lado do corpo de Vovô, perto de onde o bandido também tinha sido enterrado.

Mariazinha esperou o polícia ir embora.

Não lavou nem passou a roupa do dia. Também não pescou. Comeu pirão, deitou-se na cama de Vovó e dormiu tranquilo.

Mariazinha sonhou pela primeira vez.

Um caçador de bigode e cabelos negros tirava Vovó da barriga do lobo, e um príncipe louro montado em um cavalo branco garboso beijava a princesa na boca, e o príncipe levava Mariazinha na garupa para o reino distante do Egito, e passavam por baixo do arco-íris, e Mariazinha segurava na cintura do príncipe, e os pássaros da floresta bicavam os olhos da madrasta malvada, e a maçã envenenada rolava no chão, e os anões traziam pedras preciosas, e os reis magos traziam ouro, incenso e mirra, e a fada perguntava se Mariazinha queria ser menina ou menino, e a estrada de ladrilhos coloridos serpenteava até o por-do-sol, e o mar se abria para eles passarem, e as galinhas botavam ovos de ouro, e Mariazinha gastava o dinheiro do bandido, e comprava uma boneca, e se picava na agulha do bordado, e se matriculava na escola da aldeia, e esquecia o sofrimento, e o tempo das vacas magras acabava, e vivia feliz para sempre.

A Peça

Ao som de Viajante, de Teresa Tinoco,
na voz de Ney Matogrosso.

Quarta-feira

Maria apaga as luzes da sala. A luz difusa, vinda da claraboia. Formamos um círculo com as mãos dadas. "Imaginem um fio que parte do plexo e percorre todos vocês até voltar de novo ao plexo", ela diz. Respiramos. Soltamos as mãos e nos deitamos no chão. Ela coloca música. Piano. Ela caminha entre nós. Esfrega as mãos e repete, pausadamente, os nossos nomes. "Cada parte do corpo respira com a música, irradia luz e calor. Cada músculo desprega-se dos ossos, de cada articulação."

Sinto as ranhuras da madeira do piso. O cheiro de cera. As vértebras aderidas ao chão.

Estou disperso. "As notas da música como gotas de chuva sobre a pele." Abro os olhos antes de o exercício terminar. "Alongar-se. Cordas que puxam cada extremidade do corpo." Eu me levanto primeiro.

Maria fuma durante o ensaio. Mesmo com os avisos de proibido, mesmo com o pessoal do teatro pedindo pra ela apagar os cigarros. Por causa do fim do casamento. Nove anos. Caramba, eu não imagino ficar tanto tempo com a mesma pessoa.

Estamos eufóricos. Só mais dois finais de semana. As meninas falam alto. Ao mesmo tempo. Teresa reclama da luxação no pé. Já usou cânfora, pomada de arnica, própolis e não melhora. Se eu fosse ela, tomava logo anti-inflamatório. Ofereço uma massagem. Luís não consegue fazer o movimento do braço da nossa cena. Mostro, ele repete errado. Joana debocha. Se eu vou decorar o monólogo? Decorar é moleza, o difícil é interpretar. Saio sem ninguém notar, pra fumar uma ponta que ganhei ontem. Rimos o tempo todo. Todos já tomaram banho e se vestiram, menos eu. Não encontro a saboneteira dentro da bolsa.

Antônio me observa tirar a roupa. Ele está apaixonado. Mas não tem coragem de assumir. Me incomoda o jeito de gay atormentado. Eu não ficarei pelado na frente dele, vai pensar que eu estou me exibindo, provocando. Me enrolo na toalha. Levo o xampu, a esponja, a toalha pro boxe. Ele vem atrás de mim. Deixo a porta aberta. Ele senta-se na bancada da pia.

Eu me sento no mármore da bancada da pia. Encostado no espelho. Que reflete Leo se ensaboando. A água cai com força e respinga fora do boxe.

Olho pra ele e me vejo refletido no espelho. Ele pergunta: "você convidou mais alguém para a festa?" Claro. Além de nós, o pessoal da produção, amigos, umas vinte pessoas. Mas sempre aparece mais gente, afinal, é a estreia. Pelo menos esta não vai ser outra festa exclusiva do grupo. Você quer chamar alguém? Ele não responde. "O namorado de Maria vai?"

Não. Ou ele é muito cínico, ou pensa que eu sou palhaço. Todos sabem da separação de Maria. E que a gente tem ficado junto. Ele muda de assunto. Sobre o trabalho. Parece a professora de teatro da faculdade: "você está ótimo. Só falta se deixar ser dominado pelo personagem. E decorar o texto..." Será que ele pensa que desse jeito vai me ganhar? Finjo ter dezessete anos, no fim da aula, avaliando o exercício de interpretação: eu tento entender o personagem através do que eu imagino. A postura, os gestos, os tiques nervosos, essas besteiras. Quando procuro pensar, agir ou falar como ele, eu me bloqueio, não acerto, fica artificial. Por isso eu gosto de fazer a cena da música. Ele acredita na minha conversa.

Olho para o espelho. O metal das torneiras embaçado pelo vapor. As costas, a marca da sunga, as coxas. Ele se exibe. Tenho vontade de entrar no banho com ele.

Se ele fosse mais esperto a gente resolvia logo. Ele é interessante. Tem um corpo bonito. Posso chamá-lo pra tomar banho comigo. Ele espera isso. Pensar nisso me excita. Acho que ele viu. Descontrola-se. Ele diz: "eu quero você". No camarim não dá, pode aparecer alguém. Eu finjo não ter escutado. Pra ele repetir. Não repetiu. Depois de uma pausa, o diálogo de sessão de terapia: "eu ia falar do medo que eu sinto de você". Hem? Eu me viro de propósito, ensaboo a barriga, os pentelhos, pra mostrar que podia ser, se ele tomasse a iniciativa. Se tivesse coragem. Não teve. Ele fingiu não notar: "bailarinos só enxergam o próprio umbigo". Perco a paciência. Essa história não vai dar em nada. Ele merecia levar umas porradas. Eu não suporto esses seus joguinhos.

Seria melhor se eu levasse um soco. Eu me encolho por dentro, pusilânime, covarde, fraco, mártir. Exagero, vomitar, soluçar, bater no peito, arrancar os cabelos, chorar, espargir cinzas, vestir luto, cortar os pulsos, enfiar a cabeça na areia, o coração embebido em vinagre, drama, sangue, vergonha, dor.

O pessoal espera debaixo da marquise do teatro. Teresa me chama: "adorei a massagem. Você tirou a dor com as mãos". Podemos repetir quando você quiser. Perguntam por ele. Nem faço ideia. Ele chega. Fala com Maria. Ela o segura pela cintura. Pergunta alguma coisa. Ele responde com ar de vítima.

Flash-back: os meus joguinhos escamoteados. Respiro para a próxima entrada em cena, real.

Maria: "em que está pensando, canceriano?"

Eu: no que Medeia sentiu enquanto cortava a garganta dos filhos.

Maria me entende. Olhamos ao mesmo tempo para ele.

Estamos afastados, quase no escuro. Eles me olham ao mesmo tempo. Aceno. Dou um tempo antes de me aproximar. Na certa falam sobre mim. O farol de um carro ilumina os dois. Parecido com cinema, teatro.

Eu: ele é tão bonito de cabelo molhado.

Maria: "por que você disfarça? Você nunca enfrenta, sempre inventa uma desculpa. Por isso ele se afasta, nem cogita na possibilidade".

Possibilidade de quê? Ela não deveria ter dito aquilo. Só porque é mais velha? Eu desconfio. Ela se sente no direito de distribuir conselhos? Eu me defendo. Eu me perco. Eu sei, ela está sozinha e ele disponível.

Ele se altera. Desvencilha-se do abraço. Vai embora. Deviam mesmo falar sobre mim.

O pessoal quer comer. Quase meia-noite, é difícil achar restaurante aberto. Talvez o árabe. Mais ou menos perto, a duas quadras, vamos a pé. Quase ninguém no bar, três casais de lésbicas. Juntamos as mesas. Demoram a escolher. Eu não tenho paciência para indecisões coletivas. Peço duas esfirras de ricota com cenoura e suco de abacaxi sem açúcar. "Alimentação saudável pra manter o corpinho em forma", Isabel fala alto. Só pode ser pra chamar a atenção das lésbicas.

Sento-me ao lado de Maria. Falo sobre a conversa no camarim. Ela me censura: "você brinca com os sentimentos dele". Acho que ela sente ciúme.

Quinta-feira

Não liberaram o palco ainda. Ensaiamos na sala. Devagar. Quase parando. Maria repassa várias vezes. Uma cena meio óbvia: Teresa entra e senta-se numa cadeira. Ele entra pelo lado oposto e caminha em círculo em torno dela. Fala um texto longo, eu até decorei de tanto ouvir: *descolei com as unhas e os dentes as pedras para lamber o limo grudado nelas*... etcétera. Eu não compreendo o sentido da fala de Teresa. Suave demais. Maria gosta.

Minha fala termina quando eu paro diante de Teresa. Ela deve olhar na altura da última fileira de cadeiras.

Treino a parte do monólogo e do solo em um canto. Maria discute com ele. Estresse de véspera.

Olho para ele, movimentos tão leves. Eu me distraio. Maria fala comigo: "o que há com você? Concentre-se, senão..." Ela não completa a frase. Eu enfrento: senão o quê? Teresa segura meu braço. Eu me calo. Respiro. Ele sai da sala. Eu o acompanho com o olhar. Intervalo de quinze minutos.

Desculparam-se, o clima volta ao normal. Fazemos uma roda e exercícios de respiração. Ela fala: "repetimos a partir da deixa de Teresa". *Minha metade-fogo derrete* etc.

Eu sinto a fala brotar de dentro, intensa, até a garganta.

Ele caminha para o fundo da sala. Estende os braços. Inclina a cabeça. Exatamente no tempo da marcação. Rígido. Ele sua. Eu bato palmas. Todos olham pra mim. Ele desvia quando o nosso olhar se cruza.

Ele viu. Ele ouviu.

Maria fica satisfeita. Diz a ele para prolongar ao máximo a tensão. Passamos então o meu monólogo. É difícil. Eu falo e danço ao mesmo tempo. Dançar no ritmo e no som das palavras e ao mesmo tempo dar sentido a elas. Na terceira vez ficou bom.

Desço rápido pra tomar banho e ir embora. Ele já está no camarim, parece que adivinhou. Eu elogio: hoje você foi perfeito. Nada como uma discussão pra ativar a adrenalina. "Por isso você aplaudiu tão fora de hora?" Ele gagueja: "você deve me achar um idiota. Precisamos conversar". Ok. Mas não posso demorar. "Vamos lá pra casa?" Vamos. Tomamos banho e nos vestimos rápido. Subimos as escadas de três em três degraus.

Ele mora numa sobreloja, sala e quarto conjugados. Acende uma luminária. Abre a janela. Eu tiro a camisa. Está quente aqui. "Bate sol durante a tarde. Mas o aluguel é barato." Posso colocar uma música?

Ele tira o disco da capa, coloca o disco na bandeja do aparelho de som, leva a agulha para a primeira faixa com gestos precisos. Meu corpo se contrai, o som das primeiras palavras da música é um soco na barriga. Ele de pé diante da janela, tão bonito emoldurado pela luz azul-escura da noite e por uma aura cor de cobre vinda do poste na rua. Igual ao conto.

"Igualzinho ao conto." Não faço a mínima ideia do que ele diz. Que conto? "Você está na mesma posição do personagem daquele conto que lemos nos primeiros ensaios." Lembro. Com o Koln Concert ao fundo. Um dos personagens se chamava Pérsio. O outro Santiago. Ficam juntos no final. "Era Piazzolla. Keith Jarrett foi em outro dia." Ele de pé na minha frente. "Você escolheu essa música de propósito?" Não. "Tem tudo a ver com o que eu quero te falar." Vai começar a enrolação. Ele desvia do assunto. "Você e Maria estão..." Se for pra falar sobre isso eu vou embora. Ele continua como se não tivesse me ouvido. "Ela é mais velha. Aposto que ainda volta com o namorado. Ela não se envolverá com você." E o que você tem a ver com isso? Ela é legal. Não estou apaixonado, nem ela. Sem problemas, sem dramas, sem cobrança. Ela é mais velha, sim, e a gente se diverte. Eu me sinto bem, eu gosto de estar com ela. Ele se desconcerta. "Porque você foge?" Você é quem foge o tempo todo. Parece teatro, teatro ruim. Até a música na deixa: *"mas o viajante é talvez covarde, talvez seja tarde"*. Queria rir. Da cara dele. Da situação. Seria tão mais fácil ele dizer "eu quero trepar com você". Eu continuo. Não espere nada de mim.

Um improviso sem timing, falas desencontradas, música melosa ao fundo: "... talvez esperando desse viajante algo que ele espera também receber..." Eu não me contenho. Arrisco. Eu digo: eu estou louco por você.

Afinal ele disse. Chega bem perto para me abraçar. Eu não estou a fim de declaração de amor seguida de beijo, suor e sacanagem no chuveiro com a cortina de plástico grudando nas costas. Seguro nos pulsos dele. Sorrio. Calma, eu digo. Não tem nada pra beber? "Só água. Do filtro ou da geladeira?" Bebo, peço mais. Pra esfriar os ânimos. Eu já vou. Visto a camisa. Ele pede para eu dormir lá. Hoje não. Eu quero ficar sozinho. Foi bom esclarecer as coisas. Ou confundir mais. Na verdade não era bem isso. Eu fiquei a fim de ver Maria. Ir à casa dela. Subir, se ela estiver acordada. Até amanhã. Ele abre a porta, a gente se abraça demorado. Eu gosto muito de você. De verdade. Ele fica excitado. Pede de novo. Não. Estou cansado.

"... e quebrar as cercas que insistimos em nos defender."
Atiro a última flecha.

Eu já descia a escada, ele pergunta: "vamos a uma cachoeira amanhã?" São quase duas da madrugada. "Você dorme aqui pra não perdermos tempo. Eu prometo me comportar." Sei. Gosto da ideia da cachoeira. Perfeito pra relaxar. Só não estou a fim de dormir lá. Invento uma desculpa. Preciso ir em casa, meus pais viajam amanhã. Você me liga às oito?

Abraço o travesseiro. Como se fosse ele e sussurrasse: "não espere nada de mim. Eu não quero me prender a você. Eu não quero me prender a ninguém.

Eu quero viver o momento presente". Música de violinos e bandoneón ao fundo. Durmo aninhado nos braços dele. Chove pétalas de rosas sobre nós dois.

SEXTA-FEIRA

Deixo o telefone tocar. Oito e cinco. A essa hora da madrugada? Vamos deixar pra outro dia. Então vem tomar café aqui. Pra dar tempo de dormir mais meia horinha.

Ele chega antes das nove. Ninguém em casa pra abrir o portão. O tempo está nublado, vai chover. "Vai nada. Daqui a pouco o sol aparece." Peço pra ele ferver água enquanto eu escovo os dentes. Eu preciso tomar café forte para acordar. Ele põe a mesa. Encontra até geleia. Deve ser da época de Isadora Duncan, aqui ninguém come doce. Ele se levanta: "anda logo. O tempo abriu".

Ele sobe na garupa da moto. Segura firme na minha cintura.

O sol, o calor, a umidade, a estrada, o barulho da motocicleta, deslizando, suave, tiro o capacete, o vento, o cabelo dele roça o meu rosto.

Na estrada de terra paramos pra tirar o casaco. Ele desce, aponta: "é tão lindo!" Capim molhado pela chuva, céu, morros, vacas. Ele pensa que eu não sou sensível o suficiente pra perceber. Choveu, o pasto está cheio de cogumelos, a gente podia procurar. "E o ensaio?" É só comer poucos. Passamos por baixo da cerca. Encontramos, grandes, brancos, meio dourados, anel preto no caule, misturados às bostas de vaca. Dois pra cada. Senão a gente fica doido demais, não dá conta de ensaiar. Guardamos em um saco plástico na mochila dele.

Um descampado serve de estacionamento nos finais de semana.

Prendo a moto em uma árvore. Vamos comer agora? Estão limpinhos, nem precisa lavar. Gosto de terra. Quinze minutos a pé até a margem do rio, acima da queda d'água. Descemos saltando nas pedras e nos apoiando nos galhos. As pedras grandes, pretas, um tronco caído sobre o riacho, bebo água. "Será que é limpa?" Eu me assusto, me esqueci dele, já faz efeito. Atravessamos nos equilibrando no tronco e seguimos pelo terreno agora plano. As árvores formam um túnel sobre a trilha. Descemos de novo por uns degraus irregulares na pedra até o fundo do vale.

As fendas nas pedras, o limo, um besouro, flores amarelas, roxas, lilases, raízes.

Súbito, eu sinto medo. Se tiver cobra? Ouço barulho parecido com trovão. Eu vejo entre as folhas, bem perto, a água branca caindo, muita água, é de onde vem o barulho. A gente descia quase do lado da cachoeira encoberta pelas árvores. Ele atrás de mim. Chegamos. A água escura do poço. Olho pra cima. A água despenca de muito alto. Grossa, branca, o barulho. O cogumelo bateu mesmo.

A luz que o ilumina é ouro e esmeralda, facho de sol atravessando a cúpula de folhas, arco-íris nas gotículas de vapor da cachoeira, ele nu, criança, anjo, elfo, semideus branco, fosforescente, a sombra iluminada, alumbramento.

"Vem logo!" Grito de animal, macaco, eu grito também, tiro a roupa e mergulho. Gelada. Nado forte contra a correnteza até chegar perto de onde a água cai, menos forte, eu me seguro nas pedras escorregadias, a água bate nas minhas costas, debaixo da cachoeira, devagar, solto, levado pela correnteza, até as pedras no raso, imerso, no fundo, flutuo, nado de volta, entro debaixo da queda, ***eu faço parte daquilo, integrado, a natureza, os elementos, a rotação da terra, a vertigem da queda d'água, o sol, ele, eu sinto a falta dele,*** ele está deitado de bruços, a cabeça apoiada nos braços, em cima de uma pedra larga no meio do poço, ele é da mesma cor da pedra, parece colado nela, uma coisa só, pedra, carne, ***o voo rasante de um pássaro, as listras amarelas e pretas do inseto pousado, as asas da borboleta azul cintilam.***

Mergulho e saio adiante, nado até a pedra onde ele está, subo, é só pedra, eu me deito ao lado dele, perto, estou molhado, eu me encosto nele, dá pra sentir a respiração dele, o calor, os olhos fechados, eu também fecho os meus, ímã, tesão, o cheiro de água, de folhas, de bicho, de ar.

Ele podia ficar para sempre assim, parado, imóvel. Eu o toco quase como se não houvesse gesto, movimento, como se a intenção de tocar provocasse o contato. Enfio os dedos, os cabelos acima do pescoço, os ombros, ele vibra, suave, abro os olhos e ele se move e me olha.

É bom, macio, o dorso da mão no meu rosto, o dedo na minha boca, nos olhos, ***onde eu o toco eletriza-se,*** ele chega mais perto, roça o rosto no meu rosto, os lábios nos olhos, a boca na minha, quase sem tocar, a pele arrepiada, os pelos, eu me encosto, a mão dele desliza nas minhas costas, do ombro ao cóccix, os dedos dele entre as minhas pernas, a gente se abraça, se encaixa, meu pau colado no dele, fogo, nós dois juntos, a gente se beija, as línguas lambem, o queixo, a barba no pescoço, o sol nos ombros, ***ele se dissolve em cima da pedra, ele se entrega, áspero, tudo se movimenta rápido e depois explode e depois derrete*** e depois eu gozo.

Nós perdemos a conta do tempo que permanecemos ali, até tudo explodir dentro e fora, e escorrer nas pernas, na pedra, na minha mão.

Na volta eu pedi pra ele não comentar com ninguém. A gente trepou, mas isso não quer dizer que viramos namorados. Chegamos atrasados ao ensaio. Depois das três. Os outros se alongam. Maria está séria: "só esperávamos vocês". Estávamos na cachoeira. Perdemos a hora. Os cogumelos ainda fazem efeito. Difícil entrar em sintonia. Péssimo ensaio. Erro o texto. Maria diz para eu só marcar. Eu me esforço, não adianta. Cuidar para não me machucar. O ensaio demora a acabar. Isabel me pergunta o que as pessoas precisam levar pra festa no sábado, eu tinha me esquecido. Bebida. Cerveja, vinho, vodca, qualquer coisa que embriague.

Sábado

Faltam poucas horas. Maria está nervosa, não é pra menos, é loucura passar o ensaio geral sem a luz pronta. Faz um calor insuportável no palco. Alguém arrasta uma escada. Passamos sem interromper, só com o figurino, marcamos os agradecimentos. Ele me entrega um livro. "Tem a ver com a gente." Abro na última página, destacado em amarelo: "*por alguns momentos, apenas alguns momentos, é como se houvesse assim uma espécie de esperança, de possibilidade de esperança*". Ele tenta criar pontes inúteis. Descemos para nos maquiar.

Nove horas. A primeira cigarra soa. A segunda. A terceira. O murmúrio de vozes na plateia cessa. Tomamos nossos lugares atrás das coxias. A música começa.

O tempo fica suspenso entre o abrir das cortinas e o fechar-se delas, uma hora e meia depois. No instante mínimo de silêncio entre o fim e os aplausos, eu olho para Maria. Sozinha na sala de luz. Compenetrada. Então os aplausos irrompem. Ao sinal dela nós entramos para agradecer. De mãos dadas. Ele busca Maria nos bastidores.

Sucesso total. Casa cheia, aplaudiram de pé. Com direito até a flores para a diretora. Muita gente no camarim. E festa pra comemorar.

A casa dele toda iluminada. Linhas retas, vidros, plantas, dentro e fora. Piscina, deck, ducha, luzes no chão do jardim. Há quadros grandes nas paredes e esculturas nos cantos. "Minha mãe pinta", ele explica. Os sofás largos, revestidos de couro branco. Tapetes e almofadas espalhadas no chão de madeira. Uma luminária alta, de haste curva, de metal cromado. Portas de vidro abrem-se para o jardim. Os copos, as taças e as garrafas de vinho sobre uma mesa rústica, comprida, na varanda. Um vaso de girassóis.

O grupo. Nós. De novo juntos. Afastamos a mesa de centro da sala. Isabel, Teresa e Joana dançam. Ele senta-se na cabeceira da mesa. "Lindas flores." A empregada comprou à tarde. Vai ficar sentado aí a noite toda? Quer beber o quê? "Vodca." Então vem comigo buscar gelo. Procuro o abridor. "Nós ainda não falamos sobre ontem." Eu corto. Eu já te disse: foi bom transar com você. Mas vai ser difícil acontecer de novo. Luís aparece. "Onde tem água? Desculpe se eu estou interrompendo." Você chegou bem na hora que ele ia me estuprar, eu brinco. Coloco o gelo no copo dele. "A gente pode fumar um no jardim?" Luís pergunta. Claro. Vou com ele.

Aumentaram o volume da música. Bowie, *because my love for you would break my heart in two.* Danço com as meninas. Canto junto.

Meio bêbado eu me desequilibro, derramo vinho no tapete. Minha mãe vai ficar uma fúria, lembrar de pedir pra empregada limpar. Procuro Maria. Ela está na varanda sentada no banco, o cinzeiro do lado. Pego uma garrafa de vinho do meu pai e levo duas taças. Brindamos, ela bebe. Eu me sento no chão, entre as pernas dela. "Satisfeito? Você não imagina como foi emocionante ver vocês de fora, como espectadora." É. Mas não vamos falar de trabalho. "Você já não bebeu o suficiente?" Ainda não. "Eu falei agora como mãe." Relaxe. Vamos dançar? "Daqui a pouco." Uma pausa. "E vocês dois?" Então é isso. Ela está incomodada. Tiro o cinzeiro do banco, sento-me. Se você quer mesmo saber, ele quis transar comigo na cachoeira ontem. A gente estava doido de cogumelo. Eu não queria, falei que gostava dele, mas não curtia homem. Ele entendeu, foi legal, acredita que eu vou rever os conceitos, que pode acontecer mais cedo ou mais tarde. Queria que ele desencanasse de vez. Eu já disse, eu gosto dele. Mas não pode confundir minha amizade com outra coisa. Ela me interrompe: "não me faça de boba, eu não sou cega". Eu me assusto. Será que ele contou? Ele vem até nós, com a taça vazia. Parece que adivinhou. Ou espionava. A gente falava sobre o trabalho. Não olho para Maria.

Eu me aproximo. Um cão. Eu me transformo. Eu me controlo. Cresço. No final das contas o covarde é ele. Eu sei, ele mente. Vontade de detonar, macular a masculinidade dele. Deixo minha emoção se diluir. Na fumaça do cigarro de Maria no cinzeiro. No resto de vinho das taças. Nas folhas de samambaia dependuradas no muro.

Encho as taças:

- Ao nosso trabalho.

- Ao novo trabalho.

- Ao amor, à paixão, ao tesão.

Alívio, ele não disse nada. Volta para a sala. Abraço Maria. Eu não sei explicar, eu penso o tempo todo em você, em nós dois.

A minha raiva surda, o meu ruminar de cabra, a minha paixão ridícula. Eu não resisto. Eles sobem para o quarto dele. Eu subo logo depois. Paro na porta, tento ouvir. Com olhos de raios-X eu enxergo o branco leitoso dele sobre a carne dela. As roupas dos dois espalhadas pelo quarto. Era para ser meu, era para ser eu. O vinho vermelho, corações apunhalados, os corpos retalhados, os cabelos empapados de sangue, um fio do sangue misturado ao vinho escorre pela escada, pela rua, meu veneno tinto, lágrima, terminar de vez com aquilo, eu abro a porta do quarto. Eu entro.

Maria fuma na janela. Ele atravessado na cama. Ela vira-se, como se me esperasse, como se a minha entrada fosse a coisa mais natural do mundo. Teatro: "ele apagou". Só. Ela amassa o cigarro no beiral da janela e sai do quarto. Vou para a janela, na mesma posição que ela ocupava.

Domingo

Ele ali, indefeso. Tiro a blusa dele, ajeito o travesseiro, difícil desabotoar a calça. Ele se mexe. Resmunga. Eu o acaricio. Ele me empurra. Eu me deito ao lado dele, ele não acorda. Eu me masturbo. Limpo-me na roupa dele. Eu o desejo, eu o desprezo, eu enxergo. Desço para a sala.

A música toca alto e ninguém ouve mais. Desligo o som, tomo água na cozinha. Luís abraçado ao namorado no tapete. Teresa, Isabel, Joana nos sofás, nas almofadas. Cheiro azedo de vinho, de cigarro, de sono. Nós, o grupo. Menos Maria.

Amanhece. Os dedos da aurora abrem sulcos na carne escura da noite.

Vou descalço para o jardim. Inspiro o ar frio da manhã. Tiro a roupa, mergulho na piscina e saio na borda oposta. Deito-me no deck e espero o sol se firmar, e me secar, e me ofuscar a visão desprotegida, eu espero que ele venha, e segure a minha mão, e me olhe, e.

Daniel na Cova dos Leões

1. O gato

Daniel e Raul moravam em um apartamento de dois quartos pequenos, sala com pé direito alto e janelas com venezianas de madeira com vista para um letreiro vermelho, verde e amarelo do prédio em frente, no centro da cidade.

Aconteceu rápido. Raul queria mudar-se da casa dos pais. Conheceu Daniel em uma festa na casa de Lalé. Dormiram juntos. Ao final da primeira semana, abraçados, deitados no colchão, Daniel sugeriu: fique até arranjar um lugar para morar. Raul ficou. Trouxe as roupas, os discos e o gato. Compraram uma cama de casal.

Eram felizes. No entanto, afirmavam não ser um casamento. Eles não se exigiam fidelidade. A proposta era deixar fluir o desejo que sentiam um pelo outro. Pelos outros. *Todo mundo é de todo mundo*, era a frase pregada com um ímã na porta da geladeira.

O apartamento passou a ser "a casa dos garotos". Sempre havia gente, bebida, alguma droga e música até de madrugada. O ar empestado de cigarro. Nos finais de semana a noite acabava invariavelmente no Caverna Scorpion.

Raul pintava. Cores fortes espalhadas com pincéis largos em pedaços grandes de lona estendidos no meio da sala. Em uma das festas apareceu um marchand interessado pelas telas. Tomou meia garrafa de vodca e garantiu fazer brotar no artista iniciante a semente de uma linguagem própria, a expressão dos seus impulsos violentos e secretos. O marchand passou a frequentar as festas e a cama do casal, enquanto Daniel trabalhava. Prometeu a Raul organizar uma exposição em uma galeria alternativa. De quebra propôs um relacionamento estável. Raul aceitou a primeira parte. Diante da recusa do resto, o marchand deixou escapar o comentário inconveniente: você é um artista promissor. Porém precisa aprender a pintar. Como todos da sua geração.

Raul não gostou. Era chantagem. Discutiram. Não houve exposição nem catálogo. Raul confessou a Daniel a traição presumida. Daniel riu mais da frase do marchand do que da confissão. Raul sentiu-se ridículo. Bateu a porta do quarto. Depois voltou e deitou-se no peito de Daniel.

Raul enrolou as telas e guardou as tintas e os pincéis. À noite comemoraram o encerramento da carreira artística. Raul bebeu demais, tirou a roupa, subiu no parapeito da janela e proferiu um discurso engrolado onde proclamou a nulidade da estética, das artes e da cultura em geral. Declarou a paixão por Daniel e reafirmou o seu objetivo maior, aproveitar a vida. Vomitou no banheiro e apagou.

Aos vinte e dois anos, no início da década de noventa, com mesada dos pais, sem pagar aluguel, sem compromisso e bonito como um anjo (nas palavras de Lalé), aproveitar a vida era o que Raul já fazia. Um ano inteiro de festa.

Até a paixão esfriar. Daniel propôs conversarem. Era sério. Raul riu: nossa primeira crise conjugal. Daniel pouco parava em casa, pouco se viam, nem dormiam mais juntos. Para Raul a situação era cômoda. Para Daniel, insustentável.

Daniel quis abrir-se. Raul sempre na defensiva. Daniel desistiu, acomodado na acomodação do outro. Pelo menos achava que tinha preservado Raul.

Quando a conversa aconteceu, Daniel já tinha decidido tudo. Viajaria, um tempo fora do país. Raul podia ficar no apartamento até a sua volta. Raul não se interessou pelo motivo da viagem. Daniel foi covarde. Outra vez aproveitou-se do desinteresse de Raul.

Pouco depois de Daniel embarcar Marina ligou para Raul: ele não devia ter ido, no estado de saúde em que se encontra. Foi um choque: que estado, Marina? Marina se deu conta, Raul não sabia. Ficaram em silêncio. Ela sugeriu: é melhor você fazer o exame.

Seguiram-se dias terríveis. Noites em claro diante da janela olhando para o vazio, para as luzes coloridas do letreiro. Raul mal limpava a sujeira do gato, a ração, o pensamento fixo e repetido. Acontecer logo com ele.

Tomou coragem. Fez o exame. Uma semana de aflição até o resultado. Hesitou em abrir o envelope. As palavras embaralharam no papel.

Negativo.

O assistente social aconselhou acompanhamento psicológico: por causa do seu companheiro. Raul ia retrucar: não havia companheiro. Mas calou-se. Pela primeira vez pensou em Daniel com carinho. Ele tinha passado por tudo aquilo sozinho. Não importava. Valia estar vivo.

Era o fim de um ciclo e o início de outro. Havia decisões importantes a serem tomadas. Sexo seguro. Procurar trabalho. Retomar a faculdade. Devolver o apartamento. Encontrar um dono para o gato. Expurgar aquele período ruim.

Começou pelas lembranças. Escolheu um disco. No último

volume: "*There's no other way, there's no other way*". Tirou de cima do guarda-roupa a caixa onde elas estavam guardadas.

Além do bilhete de despedida de Daniel: *Estou bem, não se preocupe, mando notícias*, havia uma toalha de rosto bordada com dois Mickey Mouse de mãos dadas, comprada em um quiosque de shopping (logo quando se conheceram), um caderno em espiral com desenhos de Raul e anotações de Daniel (da época em que Raul veio morar no apartamento), um baralho engraçado, com imagens pornográficas (dado por Lalé), fotografias da primeira viagem juntos à praia, na escadaria do Cristo Redentor, no teleférico.

A música terminou.

Sem lágrima. Sem saudade. Sem tristeza.

Raul não soube o que fazer com aquilo. Não adiantava esconder, jogar no lixo, queimar. Guardou as coisas e recolocou a caixa no lugar. Pegou o gato no colo, sentou-se na beirada da cama, embaralhou as cartas e abriu um jogo de paciência.

Depois cochilou sobre as cartas.

Depois o telefone tocou.

Era Marina.

2. O Purgatório

Marina era dois anos mais nova que Daniel, a mesma idade de Raul. Inseparáveis desde crianças. Adultos, os amigos de Daniel riam: ela é sua versão feminina.

Foi a primeira pessoa a quem Daniel falou sobre a doença. No princípio ela não admitiu. Ele tinha escapado da sua proteção. Sem perceber a delicadeza da situação, reagiu impulsiva: essa vida desgovernada que você leva. Desculpou-se em seguida: nós vamos superar juntos. Mas havia pouco a fazer. A não ser esperar.

Daniel queria evitar a despedida. Porém Marina insistiu em empurrar o carrinho com as malas pelo saguão do aeroporto até o check in. Choraram abraçados. Era apenas o tempo para Daniel reorganizar a vida. Marina entendeu além. Estava excluída. Mesmo Daniel tendo dito inúmeras vezes: mais que minha irmã, você é a minha melhor amiga.

Mando notícias assim que chegar. Daniel mentia, do mesmo jeito que tinha mentido para Raul. Podia ser a última vez que Marina via o irmão. Como ele sobreviveria sozinho? Ela guardou a imagem dele sorrindo e acenando para ela enquanto caminhava em direção à sala de embarque.

Marina esperou. Nenhuma carta, telefonema, nada. Buscou o paradeiro do irmão através dos amigos dele, de Raul.

Passados seis meses recebeu a primeira notícia. Uma paisagem de neve, postada em Amsterdã: *Vou para Lisboa. Aqui é frio demais. Conheci muitos lugares lindos.* Os postais começaram a vir, espaçados, no aniversário, no natal. Sempre lacônicos. E sem endereço.

Um dia Lalé telefonou: muito prazer, eu sou Lalé, amigo de Daniel, você já deve ter ouvido falar de mim. O seu irmão me pediu para procurá-la. Tenho uma encomenda. Ele recomendou entregar pessoalmente. Sim, Marina tinha ouvido muito falar dele. Anotou o endereço. Buscaria a encomenda no dia seguinte.

Marina tocou a campainha da casa de Lalé ao meio-dia. Os olhos acostumados à claridade da rua demoraram a se adaptar à penumbra. Fazia calor. Uma cortina de veludo. Abafado. O ar irrespirável.

O tom de voz oleoso de Lalé, o jeito dele escandir as sílabas, de mastigar as palavras, a explanação longa, intercalada de pausas, os movimentos ensaiados, o meneio intermitente da cabeça, marionete muito pesado para os barbantes, os anéis, a pulseira e a corrente grossa no pescoço. Irritou-se até pela água gelada oferecida: ... a intimidade e a confiança que eu e o seu irmão privávamos ... a catástrofe que se desencadeou sobre ele ...

Marina exasperava-se. Estava a ponto de descarregar em Lalé a antipatia gratuita, os pensamentos mais negros: chega!, ela teve vontade de gritar. Conteve-se: o senhor poderia me entregar a encomenda?

Lalé limpou o canto da boca. Arrastou os pés até a estante. Tirou da gaveta um pacote preso por um barbante: são cartas dele. Assuntos pessoais, nada comprometedor. Eu não entendi a razão de entregá-las a você. São dez. Estão ordenadas cronologicamente. As primeiras são da Holanda, as últimas contêm o atual endereço e número do telefone dele em Portugal. Foi por expressa recomendação dele que não a procurei antes. Mas agora a situação é outra... Ela enfiou o pacote na bolsa e agradeceu. Seca. Levantou-se sem retribuir o sorriso frouxo, sem esperar o outro acompanhá-la até a porta.

Ela desceu os três degraus que separavam a casa da rua, ofuscada pela claridade da tarde. Atravessou a rua sem olhar para os lados. Colocou os óculos escuros. Parecia ter saído de um sonho. De um filme muito denso em preto-e-branco.

Mesmo contendo o que tinha buscado por quase um ano, Marina perdeu o interesse pelas cartas. Daniel podia ter evitado fazê-la passar por aquela situação. Por que não escreveu direto para ela? Jogou a bolsa no banco do carro e ligou o rádio.

Telefonou para Raul, do escritório, enquanto comia um sanduíche. Falou sobre a visita, as cartas. Combinaram encontrarem-se depois do expediente, no bar.

Raul falou primeiro: desde o começo Lalé sabia o paradeiro de Daniel? Marina mexeu as pedras de gelo no copo. Ela era uma mulher, estava sozinha em uma história exclusiva de homens. Ingenuidade tentar compreender os motivos de Daniel. Que se danassem.

Marina tomou um gole. Olhou com raiva para Raul: por que vocês não me contaram? Raul não entendeu: contar o quê, Marina? Você não consegue se desvencilhar do papel de vítima?

Talvez Marina esperasse revelações surpreendentes, justificativas. Porém nada tinha sido escondido, nada havia a ser revelado. Era só uma frase tão óbvia em uma das cartas: *a história das pessoas comuns não precisa de grandes motivos para acontecer.* E a possibilidade de voltar, em breve.

Ela devia reconstruir para si mesma a imagem de Daniel, o seu Daniel. A imagem conspurcada pelo que ela considerava a maldade inata de Lalé, pelo egoísmo de Raul, pelo desprezo de todos os que viviam em volta dele.

Marina colocou o copo na mesa.

Estendeu as cartas para Raul.

Raul não se moveu. Você não está curioso? Não. Não lhe interessava. Não havia mais vínculo entre eles.

Sem querer Raul segurou as chaves do apartamento. Poderia colocá-las sobre a mesa, agradecer, sair dali, apagar definitivamente Daniel de sua existência.

Estendeu a mão para alisar o cabelo de Marina. Quem poderá adivinhar por que Daniel confiou em Lalé?

Marina afastou o braço de Raul. Foi cruel: pervertidos, ela disse, como se cuspisse. Raul levantou-se: eu não preciso ouvir isso. Ela o reteve: desculpe-me, eu estou descontrolada.

Raul chamou o garçom. Vamos ligar para ele.

Marina guardou o pacote, entregou as chaves do carro a Raul: por favor, dirija, eu não estou em condições.

Levantou-se e seguiu Raul até o estacionamento.

3. La noche que me quieras

Lalé conheceu Daniel em uma apresentação. Lembrava-se como se tivesse sido ontem. Dublava Babalu, na voz da Divina. Notou Daniel na plateia. No final, após trocar de roupa e tirar a maquiagem em um camarim inclassificável, com espelhos embaçados e poeira por todos os cantos, Daniel aproximou-se da mesa para cumprimentá-lo. Lalé convidou-o a sentar-se. Conversaram até a boate fechar. Lalé falava demais: apesar da vida desregrada eu sempre cultivei a boa música, a boa leitura e um mínimo das belas-artes.

Tornaram-se amigos. Uma identificação espiritual profundíssima. Como se tivessem sido muito próximos em encarnações anteriores e se reencontrassem para resgatarem, um do outro, as dívidas cármicas. Lalé orgulhava-se ao apresentar o novo amigo: uma joia discreta e rara dentre as tão exóticas e quase sempre falsas que frequentam a casa.

Com a idade o ânimo de Lalé para as noitadas arrefeceu. Aos poucos se afastou do meio artístico. Mas não dava o braço a torcer, explicava: sem uma gota de paciência para conviver com travestis vulgares e *drag-queens* mal saídas das fraldas, ambos desprovidos de qualquer senso ético ou estético.

Daniel conheceu Raul na festa dos cinquenta anos de Lalé. Lalé considerava-se a madrinha do relacionamento. Acusava Raul de ter roubado o seu Daniel. Quando o casal passou a viver junto, ligava pelo menos uma vez por semana.

Ele ficou inconsolável diante da tragédia que abateu a existência do amigo. Conjecturava: como, quando, por que logo com ele? Lalé culpou Raul. Ou melhor, a má influência exercida por Raul no modo de vida de Daniel, a falta de atenção e carinho, o egoísmo. Como se a vida de Daniel fosse diferente.

O axioma era simples, mesmo que terrível: Daniel era uma pessoa maravilhosa; a doença era um castigo divino; só as pessoas ruins deveriam ser castigadas; Deus errou em marcar com fogo o seu Daniel.

Lalé apoiou o amigo. Era sensível o suficiente para distinguir, dentro do desespero, a determinação de Daniel em superar a situação, a capacidade de aceitação. Mas quando estava sozinho Lalé desabava na poltrona, com a luz apagada: somos suficientemente adultos para saber que é inevitável.

Por isso incentivou a viagem. Respirar ares novos, morar fora. Obteve as melhores dicas, forneceu contatos e encaminhou Daniel para um emprego de garçom em um *coffee-shop* em Amsterdã. Pelo menos até ele adaptar-se ao velho continente.

Lalé colocou o disco de Ângela e espalhou o baralho sobre a mesa. O foco de luz do lustre destacava as manchas e as veias azuis entre os poucos pelos das mãos gorduchas. Enquanto virava as cartas, de três em três, sem prestar atenção, acompanhava, a meio tom, o tango.

Pensava em Marina.

A pressa em resolver um assunto tão delicado, tudo. Marina tinha interpretado mal o apoio dado a Daniel, como se ele tirasse algum proveito da situação. Ele tinha sido menosprezado e isso era inadmissível.

Lalé desistiu do jogo após virar pela terceira vez a mão de cartas sem conseguir liberar os ases. Sair de casa, dar uma volta pelo centro, passar no banco, comprar creme hidratante e tintura para o cabelo nas Americanas. Espairecer, tentar esquecer de vez o mal-estar provocado pela internação de Daniel, pelo orgulho, pela falta de educação de Marina. Nada podia fazer.

Encontrou na fila do banco um antigo colega de repartição, cujo nome não se lembrava: quanta coincidência! Como tem passado? A esposa vai bem? Depois comprou o creme, a tinta e chocolate. Ainda sobrava tempo.

Os passeios de Lalé sempre acabavam iguais. Mal colocava os pés fora de casa, a palavra sexo acendia no seu cérebro e piscava onde quer que fosse. Era um suplício, e ao mesmo tempo a sua diversão, a possibilidade de encontrar alguém no meio da multidão. Só de pensar a adrenalina refluía.

A uma velha senhora no cio, restava o banheiro público.

O banheiro ficava no primeiro piso. Lalé desceu a escada rolante. Meia hora depois subia pela mesma escada e caminhava apressado para casa. A imagem de Marina, agora diluída, misturada às feições de Daniel, voltou a acompanhá-lo durante o percurso de volta: será que ele melhorou? será que ela já tinha lido as cartas?

4. A cova dos leões

Era a primeira internação de Daniel. Pneumonia. Foi recebido com um sorriso do companheiro de quarto. Mal conseguiu retribuir. Dormiu. Muito.

Fernando estava próximo quando ele acordou. O coração de

Daniel estava duro e seco e áspero e esfarelava. E Fernando ali, umedecendo. Daniel não entendia o absurdo daquela alegria frágil, vinda da sombra e do sofrimento, do nada, de um desconhecido.

Duas semanas de convívio foram suficientes para Daniel inventar possibilidades malucas. Ter encontrado alguém para diminuir a solidão, construir algo em comum, olhar as tardes de inverno na aldeia, até escurecer, passear de bicicleta no verão, alguém.

Uma história esquisita, a bruxa esperando Daniel abrir a porta do quartinho esquecido no alto da torre e se dirigir, curioso, à roda de fiar e se picar na agulha, e dormir para sempre, e morrer, até Fernando vir, cem anos, mil anos, desbastar a sebe de espinhos, entrar no castelo de cristal, e quebrar o encanto, e despertar Daniel para sempre.

Ao mesmo tempo ele esmorecia. Desamparado, impotente, ao capricho dos acontecimentos, preso em um Antes distante, Maria, Raul, Lalé no Brasil. Enxergava o desaparecimento, a anulação, a passagem para o depois bloqueada. Às vezes ele perdia a esperança.

Sentado ao lado da cama, Fernando segurava a mão de Daniel. Que acordou sobressaltado: eu arrancava o mato de um túmulo feito de adobe no meio das dunas. Havia buracos no chão, escavados pelos bichos do deserto. Eu tentava encher os buracos com punhados de areia, a areia escapava entre os meus dedos. Você se aproximou por trás, contra a luz. Falou que não adiantava, mas mesmo assim me ajudava.

Foi só um sonho, Fernando falou, sem soltar a mão de Daniel. Sim, só um sonho. Fernando estava tão próximo que Daniel sentia o hálito dele misturado ao cheiro de remédio, de sangue seco. Estendeu a mão e tocou o rosto de Fernando. Uma mancha um pouco mais densa que a escuridão do quarto.

Fernando colocou a mão na testa de Daniel: você está com febre. Colocou água no copo e molhou os lábios dele. Daniel sorriu. A vontade absurda de se entregar, de segurar a mão de Fernando, pedir para ele esperar, para ele afastar as feras, para atravessarem a ponte sobre a correnteza.

Como se não houvesse distinção entre a realidade tão nítida do sonho e o presente embaçado do quarto do hospital.

De propósito, Fernando quebrou a aura na qual o delírio tinha envolvido os dois: queria tanto fumar um cigarro. Vou parar de fumar quando voltar para o Brasil, Daniel disse.

Fernando tirou a mão da mão do outro. Virou-se em direção à cama.

Daniel olhava Fernando: vou sentir sua falta. Fernando assentiu: eu também. Silêncio. Daniel falou: quando sair, você poderia... Calou-se: você poderia vir todos os dias, você poderia me buscar, você poderia me levar com você.

A febre. Quando saíssem dali, nunca mais se veriam. Cada um seguiria a sua vida. No dia seguinte, após a alta, os dias compartilhados na enfermaria se apagariam. A vida era assim mesmo.

Daniel lembrou-se das garotas protestantes. Visitavam os doentes, conversavam animadas, informais, alegria forçada, palavras saídas de lábios duros, as bíblias empunhadas como escudos, chamas ardentes, mãos acusadoras: *"o meu Deus enviou o seu anjo, e fechou a boca dos leões, para que não me fizessem dano"*.

A febre não cedia.

Falou com voz firme, como se não tivessem interrompido o diálogo: obrigado, você fez eu me sentir protegido. Fernando ainda estava em pé no meio do quarto. Daniel estendeu a mão para retê-lo. Ele já estava fora de alcance. O momento mágico que os uniria não tinha acontecido. Os dois ali, despertos, um cheio de esperanças, o outro com medo, um já livre, o outro imobilizado. Fernando compreendeu o significado da areia do sonho de Daniel. Não queria pensar sobre aquilo. Ele sairia logo de manhã.

Daniel via a silhueta de Fernando contra a janela. Fechou os olhos para preencher o contorno desfocado com as peças do quebra-cabeça, os fragmentos da imagem que se lembrava. O sorriso, os olhos, os cílios longos, os cabelos, a pele, as mãos enormes. Agora Fernando fazia sentido. A lembrança que Daniel guardaria dele. Quando abriu os olhos de novo, Fernando já tinha se deitado.

Depois tudo ficou em silêncio. No escuro. Um fio de luz branca vinda do corredor entrava pela fresta da porta.

A febre tinha passado. Tomou o resto da água. Ficou ainda muito tempo acordado, sem pensar em nada, ouvindo o barulho da chuva na janela. Daniel não sentia frio, mas desdobrou o cobertor ao pé da cama e puxou-o, com cuidado para não deslocar a agulha do soro, até cobrir o peito. Ouvia o ressonar de Fernando na cama ao lado. Do lado de fora o dia clareava. Os poucos minutos que lhe restavam junto dele. Sentiria saudades. Estava exausto.

Dormiu com o som metálico das bandejas e o cheiro de café sendo servido no começo do corredor.

O Ciclope

02h12

Ulisses sobe as escadas até o apartamento. Terceiro andar, prédio antigo, sem elevador ou interfone. Está decidido a terminar. Por ciúmes. Renovado pelo amor de Tiago, próximo dos cinquenta anos, Ulisses vive uma juventude tardia e irresponsável. Bêbado sempre, espera o flagrante da traição.

Tiago tem vinte e poucos anos. Compreende o momento vivido por Ulisses. Por isso releva. Porém começa a cansar-se. Não espera mais, não argumenta. Ele suporta a situação porque ainda deseja Ulisses.

Mais uma vez sozinho, sem sono, a tevê ligada.

02h13

O coração de Tiago acelera ao ouvir a porta abrir-se. Posiciona-se em um bom ângulo, estudado, largado na cama. Para seduzir. O cúmulo do ridículo: fingir dormir. Eles jogam um jogo de regras bem conhecidas. Exibir-se é o trunfo de Tiago.

02h20

Ver Tiago tranquiliza e arrefece a vontade de Ulisses de brigar. Controlado, ou menos alcoolizado que das outras vezes, ele senta-se na poltrona, no escuro. Esfrega os olhos e tira um cigarro do maço.

Ao contrário do que Tiago pensa, a vantagem é de Ulisses.

02h28

Ulisses acende o cigarro. O corpo de Tiago muito branco, quase fosforescente, embaçado pela luz da rua filtrada que atravessa a persiana. Ulisses conhece o tamanho do amor que o outro sente. Sabe também que são ciúmes infundados.

Ele combate o ciclope na sala escura dos pensamentos.

02h29

De seu sono falso, Tiago percebe que a suposta vantagem não lhe proporciona a melhor jogada. Poderia ousar, arriscar. Cogita: continuar a simular o sono, ou acordar surpreso com a presença de Ulisses.

02h55

A posição de Tiago permite observar a raiva de Ulisses aplacar-se, passo a passo. Magnetizado pelo corpo de Tiago, Ulisses estende a mão, e a recolhe, suave, antes de tocá-lo. Isso excita Tiago.

Ulisses levanta-se. Debruça-se sobre o vaso sanitário e vomita. Depois lava o rosto, toma água na torneira da pia. Tiago move-se no sono fingido, para facilitar outra tentativa.

Ulisses dorme sentado, o cigarro mal apagado no cinzeiro.

07h00

O barulho da rua entra pela janela. Uma lagartixa no teto observa o ressonar dos dois homens. O alarme do relógio dispara. Eles não acordam.

09h45

Ulisses acorda. A camisa encharcada recende a suor e álcool. Esfrega os olhos. Espreguiça-se. Apruma-se. As costas, a cabeça e o estômago doem. Acende outro cigarro. A animosidade retorna, em ondas, junto com a ressaca. Oscila junto com o fio de fumaça.

09h59

Ulisses quer retomar o jogo interrompido. Sacode Tiago. Que demora-se a enxergar Ulisses por trás do tule pesado do sono. O ciclope cravando as garras em seus ombros.

10h00

O medo de Tiago excita Ulisses. Ele o segura pela nuca. Alisa-lhe os cabelos. Retrai-se em seguida:

- O que você quer?

Ulisses não responde. Recosta o corpo de Tiago e volta a sentar-se.

11h00

Tiago levanta-se. Olha para Ulisses dormindo como espiasse as cartas do jogo que ele tem na mão. Vai até a janela. Move uma lâmina da persiana. O calor do dia empurra-lhe a mão para dentro. Precisa de um banho.

11h15

Tiago seca os cabelos, parado na porta do banheiro. Ulisses está debruçado sobre a mesa. Escreve em uma caderneta. Tiago pergunta:

- O que você está escrevendo?

Ulisses vira-se para ele e suspende o lápis para responder. O tempo necessário para o ciclope desfechar-lhe a clava no estômago. O labirinto dos intestinos derrama-se do ventre rasgado pelo golpe.

11h16

- Nada importante. A gente se fala mais tarde. Vou dar uma volta.

É um blefe. Ele escrevia palavras apaixonadas. Apesar da raiva, Ulisses quer ficar e esquecer tudo. Tiago está atento. Afasta o lençol e se deita. Paga para ver.

- Eu também não estou em condições de conversar agora.

Ulisses desiste de sair e retoma o escrito interrompido.

12h01

Ulisses rasga as folhas. Os pedacinhos de papel picado depositados no cinzeiro. Toma banho. A água fria. Os fiapos da ressaca da noite maldormida dissipam-se. Serpentes que rastejam para o quarto e enrodilham-se ao corpo de Tiago.

12h10

Agora Tiago domina. Ulisses deita-se ao lado dele, ainda molhado. Tiago o recebe sem abrir os olhos. Abraço de fogo, vulcão, terremoto, cataclismo. Depois de gozarem, Ulisses prostra-se. O ciclope inerte, a cabeça esmagada sob os pés de Tiago.

- Eu não quero te perder.

Tiago escapa do golpe mal calculado.

- Nem eu, mas... mas agora estou com fome.

A lâmina das palavras indiferentes risca o flanco de Ulisses.

12h50

Tiago arremata a jogada:

- Você não vai se vestir?

Ulisses olha para ele. Pausa. Responde:

- Luto, embato.

O jogo acaba. Tiago controla:

- Eu não entendo poesia. Meu estômago está roncando. Se você não quiser sair a gente pede uma pizza.

12h59

Ulisses levanta a cabeça para admirar Tiago perfumado, vestido com o jeans justo e a camiseta branca. A essa imagem sobrepõe-se à do ciclope.

- Preciso parar de beber.

13h45

A campainha toca. Tiago atende. Demora uma eternidade até pagar o entregador, fechar a porta e abrir a embalagem da pizza. O cheiro de azeite, queijo derretido e cebolas, espalha-se pela sala.

- Você não vai comer?

A cabeça de Ulisses tomba.

13h49

O cheiro provoca ânsias em Ulisses. Quando volta do banheiro, Tiago preocupa-se:

- Você está desidratado. Tome um copo de refrigerante.

Ulisses vacila. Derruba o copo. O líquido escorre pelo braço, derrama-se no tapete. Tiago segura a mão de Ulisses e ri e lambe a bebida derramada. Para curar a ferida. Ulisses recua:

- Pare com isto. Nós precisamos conversar. Agora.

14h05

Começa a segunda partida. Com vantagem do vencedor:

- Está bem, vamos conversar. Depois damos outra trepada gostosa.

Ulisses levanta-se, pronto para acertar um soco em Tiago. Detém-se. As entranhas reviram-se de novo. Segura Tiago pelos ombros:

- Não haverá outra vez.

14h09

Ulisses abandona Tiago no meio da sala. Bate a porta do apartamento. Desce os três andares em espiral das escadas do prédio.

Acabou.

14h11

Ainda não. Fora do prédio olha na direção do apartamento. Supõe ver o vulto de Tiago na janela. Atravessa a rua, senta-se ao balcão do bar e pede um uísque.

14h12

Tiago fecha a persiana da sala. Coloca uma fatia de pizza no prato, e enche o copo de refrigerante. Deita-se de novo. Decide juntar suas coisas e ir embora de vez.

As Férias Inesquecíveis

Além de comemorar o quinto ano do namoro, um quase casamento, Miguel queria "resgatar algo perdido na relação". Quando sugeriu viajarem juntos, Iuri debochou: "uma segunda lua-de-mel". Iuri não tinha dinheiro, as aulas, o tratamento dos dentes, a galeria.

Em outra época Miguel convenceria Iuri. Emprestaria o dinheiro, adiariam o tratamento, fechariam a galeria, dez dias, início de semestre, período tranquilo.

Porém daquela vez era melhor darem tempo um ao outro. O desgaste era evidente. Não havia o que resgatar.

Miguel falou bastante durante o jantar. Que se sentia inseguro. Que se afastavam cada vez mais. Que Iuri nunca tinha tempo. Que durante a semana nunca chegava da aula antes da uma da manhã. Que não avisava quando não dormiria em casa. Que saía com os amigos na sexta-feira, para dançar no sábado, e sempre um programa extra no domingo.

A inevitável discussão. Acusações mútuas, pedidos de desculpa, suspiros, às vezes uma lágrima mirrada, e sexo morno no final. Não desta vez.

Iuri concordou. Estava mesmo frio e distante, o trabalho, a faculdade. Sentia-se preso, também inseguro. Miguel cobrava demais. Necessidade de novos horizontes.

Pela primeira vez a palavra separação foi pronunciada. Soou deslocada, em voz alta, a ponto da mulher da mesa ao lado virar-se consternada.

Pediram outro vinho. Iuri evitava encarar Miguel. Olhar de cachorro pidão. Mudaram de assunto. Iuri ofereceu-se para reservar a passagem, o hotel. "O parque é onde todas as pessoas bonitas da cidade vão passear no domingo à tarde." "Não deixe de visitar o novo museu." "Se tiver tempo, vá também a um barzinho ótimo, perto da praça Tal." "Fique tranquilo, eu tomo conta da galeria sozinho." "São só dez dias."

Iuri estava ansioso por se ver livre.

Era dramático, era ridículo.

Doía demais.

Miguel parou de prestar atenção. Recapitulou as crises anteriores, tentou se lembrar a partir de quando as coisas começaram a degringolar.

Cinco anos juntos. Tinha engordado, os óculos, um círculo lustroso no alto da cabeça, quase quarenta, quase quinze a mais que Iuri. Terapia para falar sobre timidez, auto-estima e carência.

O escombro dos anos compartilhados estendia-se, quase ao alcance das mãos.

Iuri reclamou: "você não está prestando atenção." Pediram a conta.

Para dormirem juntos talvez a última noite.

Depois das férias resolveriam.

Iuri carregou as malas até o elevador. Despediram-se no estacionamento do aeroporto, enquanto Miguel tirava a mala do bagageiro. Um abraço desajeitado. Iuri estava com pressa, o carro parado em lugar proibido, o guarda. Miguel emocionou-se, mas não deixou transparecer. Iuri acelerou o carro e nem viu Miguel que acenava para ele, até desaparecer no espelho retrovisor.

The End escrito em itálico no meio da tela do filme B da Sessão da Tarde.

Na sala de embarque Miguel buscou o número de Iuri para explicar, para justificar-se. Que era apenas uma fase. Que era ansioso, a diferença de idade. Que em todo o tempo passado juntos, sempre tinha sido fiel. Que tinha apostado todas as fichas no relacionamento, no amor. Que até esperava Iuri cansar-se das aventuras. Aquelas coisas. Desligou antes de completar a chamada. Se atendesse, Iuri riria.

Restava convencer-se de que a viagem seria boa.

Dormiu enquanto a aeromoça demonstrava os procedimentos de emergência. Acordou duas horas depois, ao ouvir o anúncio do pouso. A temperatura em terra era de vinte e nove graus.

Olhava a cidade pela janela do táxi. Galpões, viadutos, as luzes dos carros, dos semáforos, dos outdoors refletidas no asfalto, a música no rádio.

O recepcionista subiu com a mala os dois lances de escada do hotel, até o final do corredor. Apartamento duzentos e dois.

Após o banho ligou para avisar que tinha chegado bem. Caiu na caixa postal. Chamou em casa. Desejou que Iuri estivesse à espera, que houvesse mudado de ideia, que viria no próximo voo, que se encontrariam no dia seguinte no parque, no museu, na praça Tal, um caminhando na direção do outro, em câmara lenta, Laura Pausini cantando ao fundo.

Ninguém atendeu.

Demorou a vestir-se, perfumar-se, pentear o cabelo. O corredor longo, as portas dos quartos amarelo-creme, os números pretos. Perguntou ao recepcionista, de óculos de aro grosso e gravata azul-clara, "onde tomar uma cerveja gelada e ver gente bonita àquela hora". O homem franziu a testa. Impressão de que o tom da pergunta não condizia com o ambiente, com as samambaias, com as flores secas no pote de cerâmica, o mármore do saguão. Pegou uma bala na bandeja. Gaguejou ao repetir: "Eu gostaria de comer alguma coisa em um local movimentado".

O recepcionista não sabia. O serviço de copa já tinha se encerrado. A cidade estava vazia por causa do feriado. Ofereceu-se para chamar um táxi. O taxista com certeza indicaria um bom lugar.

Estava livre e sozinho, sexta-feira, onze horas, a noite, a cidade, o futuro repletos de possibilidades.

Passaram devagar pela "avenida da alimentação". Vários restaurantes em uma sequência de construções modernas. Pararam defronte a uma fachada cor de tangerina, cactos, grama e pedras brancas, Pachanga, *Mexican Food*. Podia comer *burritos*. As mesas ocupadas por casais de namorados, as pessoas conversando alto, o ambiente ostensivamente hetero. Ainda assim era melhor do que rodar dentro do táxi.

Miguel tomou uma cerveja. E outra. Devagar.

Após a terceira já tinha se passado muito tempo. Os garçons recolhiam as mesas e as cadeiras. Miguel se deu conta, o lugar tinha se esvaziado. Se continuasse ali até soar a décima segunda badalada do relógio (na verdade já era quase uma hora da madrugada), o bar viraria abóbora, os garçons se transformariam em ratazanas e, mais terrível, se perdesse o sapatinho de cristal, as férias estariam condenadas ao fracasso.

Estava ficando tonto, a cerveja, o estômago vazio.

O mais fácil seria comer um cachorro quente na carrocinha, na rua, voltar para o hotel, dormir sozinho, acordar a tempo de tomar o café da manhã, ligar para Iuri, ir aos lugares indicados por ele, o parque, o museu, o bar.

Ou tentar antecipar a passagem de volta na companhia aérea.

Desejou que o garçom mais bonito trouxesse a conta. Foi atendido. Guilherme, Miguel leu no crachá. Devia ter a mesma idade de Iuri. A fada madrinha também lhe soltou a língua, a timidez:

- Guilherme, você conhece um lugar gay bom para dançar?

Guilherme foi simpático. "Aqui perto tem o Caverna Scorpion. Três quarteirões. Dá pra ir a pé."

Nada mal. Um começo de férias quase perfeito. O único senão foi ter sido chamado de "senhor", era formalidade, ele era mais um cliente. E se perguntasse a que horas o garçom saía? Não. Não devia abusar da sorte, a carência, o ridículo, a fidelidade, a culpa.

No caminho lembrou-se de Iuri. Mas foi rápido, uma nuvem de bordas prateadas, mais escura que a noite, encobrindo por alguns instantes a lua entre os prédios.

Era uma rua estreita, letreiros luminosos enfileirados, o último deles, vermelho, Caverna Scorpion. Do lado oposto, na praça, havia um bar com cadeiras na calçada. Estava cheio. Miguel arrependeu-se por ter permanecido tanto tempo sozinho no desanimado Pachanga. Beberia mais antes de entrar na boate.

Um garoto de pele muito branca, sobrancelhas arqueadas, cabelo despenteado e olhos claros, na mesa em frente, encarava Miguel. Era irresistível, talvez também estivesse sozinho, talvez quisesse dizer algo, talvez: "eu queria conversar com você, mas..."

Mas mal acabou de imaginar a possibilidade, o garoto desabou sobre a mesa, derrubou os copos e derramou cerveja no colo de uma das moças. Bêbado. Miguel resignou-se, a fala do vampiro: "ele dorme e em breve amanhecerá".

Pagou a conta e caiu na goela do Caverna Scorpion.

O travesti oxigenado e maquiado no guichê do caixa demorou alguns minutos para passar o cartão. O cartaz antigo, *Os Leopardos, Rogéria*, a moldura de veludo, a luz roxa, vermelha, a cortina de contas de vidro, fumaça de cigarro, era como se voltasse no tempo, *disco club, dancing days*, quanto tempo.

Dentro do Caverna Scorpion estava quente e úmido. Muitos rapazes, mais ou menos bonitos, mais ou menos jovens, de jeans justos, camisetas coloridas, sem camisa, dançando em volta do círculo do palco, em cima dos cubos, na parte elevada, entre as mesinhas do mezanino.

Miguel chegou até o centro da pista, sob uma saída do ar condicionado. Balançava-se sem jeito, sem ritmo, a música, os pares, as rodas, cuidado para não esbarrar nas pessoas, ainda não tinha entrado no clima. Resistiu à vontade de tirar a camiseta. Porque era ridículo, porque não tinha mais idade, porque estava fora de forma, dane-se. Não conhecia ninguém, uma boate decadente de uma cidade provinciana, no meio de um feriado prolongado, sem perspectiva ou vontade de.

Sem vontade de quê?

Um rosto conhecido no meio das pessoas, no alto. Tinha acenado? Lógico que não, não conhecia ninguém, o recepcionista do hotel, o garçom do Pachanga. Ainda parou, girou trezentos e sessenta graus, quinhentas pessoas, nada, não tinha sido mesmo com ele, o vampiro estrábico.

Dançava de um jeito esquisito, os olhos fechados, os ombros, sem onde enfiar as mãos, os pés firmes no chão, o ritmo da batida surda, grave, a melodia do mantra, as imagens na tela, caleidoscópio, céu escuro cheio de estrelas verdes, azuis e amarelas, anéis, riscos de luz vermelha atravessando os corpos, sóis feitos de quadradinhos de espelho, jatos de som, naves espaciais esféricas, bólides, galáxias de pontos vermelhos, nebulosas de gelo seco, tocaram o ombro de Miguel.

Alguém.

Dançaram juntos, o desconhecido, de costas, o calor, o suor da mão macia do outro.

Só virou-se quando a mão soltou-se.

Era Guilherme, o garçom do Pachanga.

Que sorriu para ele.

Miguel também sorriu para Guilherme.

"Então, foi fácil encontrar o caminho?" Guilherme gritou. "Vamos tomar uma cerveja?" Miguel disse. "Eu só tomo vodca." Sentaram-se no balcão e conversaram. "Hoje é o meu primeiro dia de férias." "Você é de onde?" "Eu pedi à fada madrinha para você trazer a conta..." Guilherme riu. "Eu te achei interessante, sozinho no Pachanga, sozinho aqui." A garganta travou. "Você é tão bonito!" Miguel abraçou Guilherme, e se beijaram, e Miguel sentiu o calor do corpo de Guilherme, a boca, o cheiro de limão, do perfume, da vodca, voltaram a dançar. "A música melhorou." "Você dança engraçado." "Engraçado como?" "Eu venho aqui quase todo final de semana." "Eu estou me separando." "Eu sabia, você é casado." "Eu estou hospedado no hotel X." "Eu estou com uns amigos." "É um lugar esquisito." "Esquisito por quê?" "Fazia tempo que eu não vinha a um lugar assim." "Eu tenho vinte e dois." "Eu, quase quarenta." Guilherme beijou Miguel de novo, e Miguel beijou Guilherme.

"Eu adoro esta música!" Dançaram mais, e Miguel olhou o relógio. "Nossa, já são cinco da manhã!" Um rapaz parecido com Guilherme aproximou-se, o mesmo cabelo com gel, as mesmas olheiras. "Eu tenho que ir, eu estou de carona, eu moro longe, me liga amanhã para eu te mostrar a cidade." "Você não imagina como foi bom te conhecer." "Liga mesmo." "Eu ligo." Trocaram os números dos celulares e se beijaram de novo, e o rapaz puxou Guilherme pelo braço, e Guilherme foi embora, e Miguel não tinha sono, mas era hora de ir.

O quarto do hotel estava abafado. Abriu a janela, os fundos de outro prédio. Tomou uma ducha, secou-se de qualquer maneira e jogou-se na cama. Bem que podia ligar para Iuri, seis da manhã, seria engraçado, "oi, acabei de chegar da balada, bêbado, senti saudade", ele ficaria furioso, desligaria o telefone ou nem atenderia, o celular tocaria até acabar a bateria enquanto Iuri e o amante gozavam, era péssimo, era horrível pensar nisso. Dormiu.

Acordou às nove com dor de cabeça. Não era pra menos, mais de doze horas sem comer, ainda bem que tinha parado de fumar. Desceu para tomar café e voltou para o quarto. Dormiu de novo e sonhou agitado, Iuri, *drag queens*, um trem, neblina e precipícios.

Ao meio-dia o telefone tocou. Não era Iuri. Nem Guilherme. Era o recepcionista. O serviço de quarto encerrava-se às treze horas.

Levantou-se. Dessa vez ficou muito tempo sob o chuveiro. Estava confuso por ter dormido até aquela hora: visitar o museu, almoçar no shopping, perambular pelo parque, ir à sauna mais tarde (pediria de novo informações na recepção do hotel?), ligar para Guilherme, combinar quem sabe um cinema, um drink no bar indicado por Iuri, ou.

Enquanto enxugava-se, ligou para casa. Esperou até a ligação cair. Iuri não tinha dormido lá. "Será que se lembrou de colocar a ração do gato?" Mandou mensagem: "Cheguei bem, você está perdendo, dê notícias". Vestiu-se e desceu.

Passava das duas. Estava faminto, bem disposto, o banho frio, a claridade do sábado. Colocou os óculos escuros. Iria a pé até a rua dos restaurantes. Ficou parado na calçada. Ligava ou não para Guilherme? Por desencargo de consciência, nada tinha a perder, tinha sido só uma noite, ele nem se lembraria.

"Olá, ainda lembra-se de mim?" "Hoje eu só trabalho até as três." "Eu acordei agora." "Eu adorei ontem à noite." Combinaram assistir um filme. "Eu gosto de comédia." "Eu prefiro drama." "Às três então, é o tempo de almoçar." "Um beijo, estou com saudades."

Miguel olhou para os dois lados e atravessou a rua.

O celular tocou. Miguel olhou no mostrador. Era Iuri. Deixou tocar. Ligaria de volta mais tarde. Quando estivesse no restaurante.

Ou depois que experimentasse o sapatinho de cristal no pé de Guilherme.

Sangue e Cristais

"Cristais quebrados

cristais em sangue"

(B. Vasconcelos)

- Nós quase os tocamos.

- Sim, nós quase os tocamos.

Sentamo-nos no bar decorado com espelhos e pedimos conhaque. Era o fim. Nós tentávamos contornar. Ela esforçava-se para parecer racional. O tom de voz alterava-se, gradual, insuportável. Eu não tinha vontade de discutir. Quase não falei. Aos poucos ela suavizou-se. Até parecer maternal. Propôs uma saída amigável. Ela falava para me provar:

- Nós nos conhecemos tão bem. Seremos amigos. Você está indefeso. Não haverá risco de nos ferirmos.

- Com os cristais?

- Sim, com os cristais estilhaçados.

Eu observava o movimento do lugar: S-H-O-U-T-E-D, escrito em letras alternadas entre azul e lilás, refletidas ao contrário, nos espelhos do fundo do bar. O contorno das sombras das pessoas e das coisas projetadas nas paredes. Recusei a maternidade sufocante dela:

- Eu não estou indefeso. É vulgar essa história de amante.

Ela fechou os olhos e os abriu de novo. Fingiu surpresa. Imaginei-a jogando a bebida na minha cara. Ela se controlou. Admitiu. Falou sem pressa:

- Ao menos nós chegamos incólumes ao fim.

Tentei retomar:

- Eu ainda te amo.

Ela encostou a palma da mão na minha boca. Gesto esquisito. Para me proteger?

- Cale-se.

Lágrimas? Nem tanto. Era mesmo o fim. Passei o dedo na borda do copo. Um pobre príncipe que amava sozinho. Seríamos amigos.

- Nós quase os tocamos, os cristais.

- ...

O amante ressonava ao lado dela. Ela não conseguia dormir. Ela divagava, duvidava:

- O herói (que naquele momento era o amante) ou o sapo (que

era eu, o ex-namorado, o novo amigo)?

Ela respondeu-se a si mesma em voz alta:

- Os mortos.

O amante acordou:

- Como?

Ela olhou os números verdes do relógio na cabeceira: 03h00. Apagou o abajur:

- Nada. Eu pensei alto.

O amante virou-se para o lado e dormiu de novo.

Ela ligou na manhã seguinte:

- O nome dele é César.

(O meu nome também é César):

- É uma piada?

Ela falou sobre os seus pressentimentos na madrugada. Eu disse:

- É óbvio que o herói sou eu. Mas você já se cansou de sapos, de príncipes. Agora você deseja apenas homens.

Ela riu. Continuei engraçado:

- Cuidado, princesa, para não tropeçar nas próprias tranças.

Pulsavam os cristais, antes inteiros?
Ou agora pulsam seus cacos?

Finalmente eu conheci César, o amante-heroi dela.

Fomos apresentados no Shouted:

- César, este é César. Um grande amigo.

Ela não tinha contado a ele sobre nós dois. Nós falamos quase ao mesmo tempo:

- Ela fala muito sobre você.

Eu quis implodir o novo amor. Brincadeiras agressivas. Expus as fragilidades dela. Vingança? Quando ele foi ao banheiro ela disse:

- Agora é você o vulgar. Não se exponha ao ridículo. Não estrague o que nós construímos.

- Os cristais?

- Que cristais?

Havia um aquário na parede da sala do apartamento de César. Peixes coloridos, pequenos, riscados de azul, vermelho e prateado, nadavam entre bolhas brilhantes cor de turquesa e algas verdes de plástico presas a um fundo de cascalho branco.

Ela falava com a voz empastada. Afundada na poltrona:

- César (eu) é o meu melhor amigo, o único que - o único que, de um tempo pra cá - antes das nossas divergências irreconciliáveis - o único que me compreende.

"As nossas divergências irreconciliáveis". Era péssimo. Eu não compactuei com ela. Discordei, desconexo:

- Claro, eu era o único que te sacava, mas deixei toda a louça por lavar.

Não entenderam. Efeito da bebida. Tentei explicar: por muito tempo eu fui o único que conseguia manter um nível aceitável de diálogo com ela.

César (o amante) mudou o rumo da conversa. Quando eu abri a boca para chamá-lo: príncipe batráquio, ela derrubou o copo na mesa de centro. De propósito? Ela adivinhou, ela quase evitou o desastre.

César bocejou. Ofereceu mais bebida. Eu ia aceitar, mas ela foi mais rápida:

- Não, obrigada. Nós trabalhamos cedo amanhã.

- Nós não conseguiremos reconstituir os cristais.

Despedimo-nos a uma e meia da manhã. Enquanto eu esperava o elevador e o beijo deles, ouvi César perguntar a razão dela não dormir lá:

- Preciso levar César para casa.

Ela entrou no carro, ligou os faróis, engatou a marcha a ré sem enxergar direito o asfalto, soltou o freio de mão.

- Você pirou?

- Eu só bebi demais. Você poderia ter ficado. Eu voltava de táxi.

- Eu não queria mesmo ficar.

- E me usou como pretexto.

- Não seja ridículo.

Desci do carro. Entrei em casa. Liguei o computador e escrevi.

Jiran tinha duas cabeças sustentadas por dois pescoços, presas a um tronco de gigante. Jiva o amava. Porém Jiran era-lhe indiferente.

Jiran retraiu-se ao ser tocado por Jiva. Havia uma corrente elétrica de duzentos e vinte volts entre a ponta dos dedos dela e a pele dele.

As duas cabeças, os quatro olhos de Jiran, voltaram-se simultaneamente e fulminaram Jiva.

Jiva renascerá da cinza, falou uma cabeça. A outra cabeça assentiu.

Uma das duas cabeças de Jiran dormia enquanto a outra vigiava as cinzas de Jiva. Os sonhos da primeira cabeça eram ruins.

Jiva amava Jiran. Ou, melhor, ela o odiava.

Jiva renasceu das cinzas. Aproximou-se sorrateira de Jiran. Empunhava uma adaga: Então Jiran é invulnerável com seus quatro olhos? A cabeça acordada de Jiran viu Jiva aproximar-se. Segurou no ar o punho de Jiva sem perturbar o sono da outra cabeça. Jiva consumiu-se de novo. A primeira cabeça acordou: ela é indestrutível. A segunda cabeça mandou a primeira voltar a dormir.

Liguei para ela dois dias depois:

- Como anda o romance?

Ela estava sonolenta:

- Cuide-se. Você está desnorteado.

Ela não ligou mais. Não atendeu e nem respondeu as mensagens. Uma semana. Dez dias.

Duas semanas depois:

- Sonhei com César. Ele era um monstro, meio sapo, meio príncipe. Empunhava seu falo em minha direção. Ejaculou leite venenoso nos meus olhos.

Ela:

- Foi para isso que você me ligou? Use óculos. Escafandro. Máscara. Morra. Eu não quero mais saber de você.

- Quase

- Sim, quase os toc-...

Toquei o interfone do apartamento de César. Ele abriu a porta. Surpreso:

- Gostaria de conversar.

Ele me mandou subir. Abriu a porta, apontou a poltrona. Ofereceu água. Sentou-se na almofada de veludo vermelho à minha frente, na posição de lótus:

- Sobre o quê você quer conversar?

Eu contei toda a história para ele:

- Cedo ou tarde ela se cansará de você.

Ela demorou a atender:

- Você vem me destruindo aos poucos. Agora acabou. Eu contei a César.

Ela:

- Contou o quê? Ele já sabia. Ele só não te pôs para fora da casa por consideração à nossa amizade.

- Os cristais?

- Cristais?

Eu precisava escrever. Não liguei a tevê.

- ...

- ...

Escrevi uma história. Sobre cristais e sangue.

- Cri-...

Releio.

Digito bem devagar, em negrito e em maiúsculas, no meio da página:

FIM.

Depois deleto. Desligo o computador e mais uma vez digito o número da casa dela. César atende.

Os Ovos

Eu os percebia já quando brotavam em minhas entranhas, aquosas como águas-marinhas, algas arroxeadas entretecidas eu imaginava as entranhas, e quando eles brotavam, brancos, eu me perguntava, algas marinhas florescem, estou misturando, não era sobre algas e águas-marinhas que eu deveria falar, era sobre as minhas entranhas, nelas eu sentia quando eles surgiam, os ovos que passei a botar, sim, sem dúvida eu afirmo, eu não sou um pássaro, nem um réptil, não, eu punha ovos, eles saíam mornos de meu cu de homem, eu os percebia desde a hora em que eram gerados, primeiro vinha uma espécie de ânsia, eu me virava na direção do mar, com um esforço delicado eu lhes massageava a passagem, os meus ovos, doía muito no começo, com o passar do tempo eu me acostumei, eu os tòmava à mão e os apalpava, os meus ovos, o cheiro deles me empestava as unhas, cheiro de maresia e fezes misturado ao da casa, não havia sol, uma tempestade iminente, suspensa, que não desabava, em todas as tardes era a mesma luz, os mesmos barulhos, o mesmo cheiro do mar, eu os botava todos os dias à mesma hora, as mesmas ânsias, em ondas, cinquenta, cinquenta e um, cinquenta e dois, um por dia, por quase dois meses eu os pus, não sei ao certo, eu me perdia ao contá-los, afinal todos os dias transcorriam parecidos, às vezes eu pensava ser sempre o mesmo dia, era óbvio, não poderia ser o mesmo dia porque havia mais de cinquenta ovos sobre o tapete, eu dormia ao anoitecer e acordava no dia seguinte, na hora das ânsias, quando acabava de botar o ovo já anoitecia de novo e era a hora de me deitar, uma vez minha amiga falou rindo que eu dormia com as galinhas, era uma maneira irônica de denominar as pessoas que dormem cedo, eu necessito de pelo menos oito horas de sono, quando eu passei a botá-los, os ovos, eu perdi a noção do tempo, eu não sabia quanto tempo eu permanecia acordado, eu mal tinha tempo para a minha higiene pessoal, para comer alguma coisa e passar as vistas em um volume da enciclopédia, e a hora das ânsias chegava, botar o ovo me tomava muito tempo, eu ficava exausto e dormia logo que terminava de botar o ovo, eu poderia contar os dias por cada ovo, eu não conseguia, antes de chegar ao final eu me esquecia, recomeçava, desde os primeiros ovos foi assim, vinha a hora de outro querendo sair-me, e as ânsias, eu interrompia a contagem, sim, quarenta e nove, cinquenta, não, um, dois, três, mais ou menos cinquenta, os ovos, eu moro em um lugar pequeno, um ovo, como diria minha amiga engraçada, um apartamentinho de paredes úmidas contendo apenas o essencial, um espelho no banheiro, discos, o aparelho de som e a enciclopédia na estante da sala, uma cama de casal, sim, apesar de morar sozinho eu me dou ao luxo de dormir em uma cama larga, no meu apartamento a única vantagem era a vista, eu via o mar pela janela do quarto, mas ventava, havia o cheiro forte do mar, eu fui obrigado a manter a janela fechada, quando vinham as ânsias eu me agachava e esperava, eu não podia me contorcer porque a casca do ovo poderia se quebrar, então inventei uma massagem para aliviar a dor, eu trazia água morna, sim, jorrava água morna do sistema de aquecimento central nas torneiras, na pia, no chuveiro, no esguicho do bidê, um exagero, até na cozinha tinha água morna, água morna dilata os poros, desobstrui os brônquios e relaxa a musculatura, eu li na enciclopédia, às vezes eu fazia a barba enquanto esperava o ovo, pois, independentemente de botar ovos eu sou um homem, minha barba cresce, dia sim dia não eu faço a barba, eu trazia para a sala uma bacia com água morna pela metade e um sabonete, a água morna evitava que os ovos rachassem e me machucassem, a água servia ainda para eu lavar o ovo, eu esfregava com o sabonete, para diluir o cheiro de fezes, de maresia, do ovo, não, antes de lavá-lo eu o tomava à mão, eu o cheirava, eu gostava do cheiro, meus ovos, eu os botava como um parto na água, sim, uma bela imagem, meus ovos nascendo na água, como os gansos, os albatrozes, os ictiossauros, não, como os cavalos-marinhos, os hipocampos, entre touceiras de algas, essa variedade de seres vivos dos ares e das águas, eu me lembro, no período pré-cambriano eram os cifozoários, os hidrozoários e os celenterados, algas é como eu imagino serem as minhas entranhas, eu gostava de folhear a enciclopédia, quinze volumes com verbetes e ilustrações coloridas, eu aprendi muita coisa, antes, quando eu ainda não botava ovos, eu passava muito tempo a ler, às vezes horas entre um verbete e outro, às vezes precisava tirar mais um volume da estante, são volumes grandes, pesados, eu tomava cuidado para os outros não desabarem na prateleira, ficava difícil de arrumar, mas depois, com os ovos, as leituras ficaram mais rápidas, eu me esforçava para ler pelo menos um verbete de tamanho médio por dia, quando eles eram extensos eu não lia tudo, deixava para o outro dia, era necessário prestar muita atenção à leitura ou eu corria o risco de misturar os assuntos, por exemplo, eu li sobre as criaturas esquisitas dos abismos insondáveis, foi quando surgiu o equívoco das entranhas como anêmonas e águas-marinhas, por muito tempo eu acreditei que as águas-marinhas eram criaturas aquáticas, como as anêmonas, era uma certeza absoluta, até que um dia minha amiga me alertou, as águas-marinhas são minerais rochosos, brilhantes, nem um pouco líquidas a não ser no nome, na transparência e na cor esverdeada, ela disse, mesmo assim eu duvidei, ela estava errada, eu só admiti o meu engano quando li o verbete na enciclopédia, eu adoro a enciclopédia, eu digo quase com maldade, a enciclopédia explica quase tudo, eu procurei compreender a minha situação na enciclopédia, apesar dela não ser muito específica sobre homens que botam ovos, o mais próximo é ornitorrinco, semelhante apenas por ser mamífero, o ornitorrinco é o único mamífero que bota ovos e possui cloaca, como as aves, era confuso, eu não sabia o significado de cloaca, estava lá, cloaca é o lugar, nas entranhas das aves, onde o ovo é gerado e acomodado e protegido até chegar a hora de ser posto, mas eu não tenho cloaca, eu pesquisei, a enciclopédia falava também sobre uma mulher chamada Leda, ela os pôs, os ovos, somente dois, ela tinha sido fecundada pelo deus dos deuses disfarçado em cisne, dos ovos dela nasceram quatro gêmeos, dois meninos e duas meninas, os meninos foram chamados Dióscuros, é uma bela história de heróis, rainhas, guerras, apesar de totalmente inverossímil, alguém em sã consciência poderia acreditar nessa história de deus e deuses, mesmo estando escrito na enciclopédia, comprovado na ilustração ao lado do verbete, a mulher e o cisne pintados em uma ânfora, não, isso é um mito, disse a minha amiga, os mitos explicam fenômenos cientificamente inexplicáveis, naquela época não havia ciência como conhecemos hoje, era misturado, eu fiquei sem entender o que ela quis dizer, as coisas para mim têm que ser muito bem explicadas, mas quem sou eu para duvidar dos meandros do conhecimento humano, além dos pássaros e dos répteis os insetos também põem ovos, as tartarugas, as serpentes, sim, eu nunca vi um ovo de serpente, a não ser na enciclopédia, uma reprodução de uma pintura famosa, um retrato de Cleópatra, a rainha do Egito, na hora em que se matava com a picada de uma serpente, não, não é outra confusão de minha parte, eu sei diferenciar história de mitologia, Cleópatra não os punha, os ovos, nem sequer havia ovo na pintura, eu misturei os assuntos, eu perdi o fio da meada, eu preciso voltar aos ovos, o parto na água, meus ovos vespertinos, como eu os chamava, com carinho, pouco maiores que morangos, com arrotos de mãe zelosa eu os punha, um a um, sem cloaca ou útero, é ridícula a existência de um ser humano, do gênero masculino, no exercício pleno de suas faculdades físicas e mentais, com o poder de botar ovos, eu sou um homem, é absurdo para que se compreenda, eu devo mudar de assunto, eu não suporto mais falar sobre os ovos, os meus ovos, eu falarei sobre música, eu conheço um pouco de música clássica, Bach e suas tentativas de alcançar o divino, Vivaldi, Chopin muito meloso, Ravel e as volutas intermináveis da descida aos infernos, o réquiem de Mozart, eu gostava da Scheerazade, de Rimski Korsakov, eu ouvia muita música, mas depois dos ovos eu não tive mais tempo, nem vontade, por medo de macular a música com o cheiro dos ovos antes deles serem lavados, e da maresia, é subjetivo, seria imperdoável, sim, existem outras facetas de mim além daquela que punha ovos, eu sou um homem sensível, eu estudei em boas escolas, eu tirava boas notas em ciências, em história, em matemática, na escola eu tive a sorte de conhecer a minha amiga, ela gostava de ler, ela me emprestava muitos livros, naquela época eu tinha tempo, eu lia de tudo, eu li muitas coisas absurdas, eu li sobre alguém que dedicava ao ovo a nação chinesa, mesmo sem compreender eu não deixava de ler, quanto mais livros minha amiga me emprestava menos eu compreendia onde ela queria chegar, eu me envolvia nas leituras, surgiam pensamentos dos abismos, pensamentos cheios de arestas, pensamentos intrincados como a vegetação subaquática, por exemplo, é plausível que alguém engula o caldo amarelento de uma barata, pois eu li, até hoje eu enjoo só de lembrar, eu tinha pavor a baratas, eu sabia, as baratas põem ovos, marrons, presos aos cantos dos móveis, eu não imagino como as baratas chocam seus ovos, essas metamorfoses que se processam dentro, por isso eu sempre gostei da enciclopédia, ela explica, o terror que eu sentia pelas baratas diminuiu após ter lido explicações plausíveis sobre elas, dados científicos, qualquer um pode comprovar, então eu parei de ler os livros emprestados por minha amiga, ela deve ter compreendido, deve ter percebido que aquilo me impressionava, minha amiga deixou de me oferecer livros, os meus ovos, eles nasciam não de um grão de areia como a pérola, eu perguntava se eles nasciam de moléculas, não, os ovos são células gigantes, são células mononucleares chamadas zigotos, são palavras do mundo da biologia, nucléolos, vacúolos, dendritos, corpúsculos de Golgi, uma célula aderida à protuberância aquosa, onde, no útero, na cloaca, como eu chocaria os ovos, não, eu não sou inseto, nem réptil, nem pássaro, nem mulher, eu sou um homem, eu punha ovos estéreis, eu pensava sobre a origem dos seres, logo depois de botar eu encostava o ovo no canto da sala, junto com os outros e me preparava para dormir, poderia não ser a melhor maneira de os armazenar, a quantidade deles aumentava a cada dia, eles precisavam de proteção, o frio da madrugada ou a corrente de vento vindos do mar entravam pela fresta da porta, as cascas dos ovos poderiam trincar, então eu os levei para a cama e os depositei, um a um, junto da cabeceira, eu os cobri com o lençol, eles precisavam de calor, não havia problema em dividir o espaço na cama com eles, os meus ovos, quase não ocupava espaço sobre o colchão, o único receio era a possibilidade deles serem esmagados pelos meus sonhos, não, isto não é uma metáfora, eu sei, era absurdo pensar que os sonhos interferissem na realidade a ponto de danificar a matéria, mesmo a matéria frágil e delicada da casca de um ovo, os sonhos não passam de descargas elétricas dos neurônios no cérebro durante o sono, essas mesmas descargas provocam os movimentos involuntários dos braços ou das pernas, e era exatamente nesse ponto que residiam as minhas preocupações, um movimento brusco esmagá-los, os meus ovos, os meus sonhos eram agitados, o meu corpo se debatia, minha amiga contou que eu falava durante o sono, eu passei a não dormir, duas ou três noites de insônia para concluir que a ideia de acomodar os ovos na cama também não tinha sido boa, não havia como evitar os sonhos agitados, eu pensava em outras possibilidades, onde os pudesse guardar, os meus ovos, sim, poucas opções, o tapete de feltro à porta do banheiro, feltro é quente, é macio, eu levei um a um meus ovos, eu os depositei com cuidado sobre o feltro, encostados uns aos outros, virei as pontas do tapete para cima para cobri-los, mas eles aumentariam dia a dia e ocupariam mais espaço sobre o feltro, não sobraria mais pontas de tapete a virar, eles ficariam descobertos, as cascas dos meus ovos poderiam se quebrar com o frio, eu poderia comprar um tapete maior, mas não havia como sair de casa, por causa da chuva, por causa das ânsias, eles poderiam vir e eu não saberia como me comportar se me viesse o ovo em plena rua, eu me lembrei do vestido que minha amiga esqueceu em sua última visita, minha amiga tinha um corpinho de criança, o vestido de cetim, com alças, eu me lembrei da fotografia que tiramos juntos na praia, abraçados, ela estava vestida com o vestido cor-de-rosa, não importava, eu usaria o vestido para proteger os ovos, ela não se incomodaria, desde que eu não o estragasse, eu lavaria o vestido com água morna e sabão em pó antes de devolvê-lo, eu tirei, um a um, os ovos do tapete, estendi sobre ele o vestido e o abri, pela parte de baixo, um a um eu coloquei os ovos dentro do corpo murcho do vestido, cinquenta, cinquenta e uma, cinquenta e duas vezes, e quando eu terminei de guardar os ovos eu estava exausto, as minhas costas doíam de permanecer muito tempo agachado, todos os ovos em segurança, eu relaxei, estendi os músculos, respirei, inspirar e expirar, flexionei as articulações, eu preparei chá de artemísia, tomei duas xícaras, eu gosto de chá, os vapores perfumados que evolam, chá de artemísia faz bem para os rins, regula o sono, eu precisava dormir melhor, o calor, o zunido dos mosquitos, eu não sei como eles entravam, mesmo com todas as janelas fechadas, os pesadelos atrapalhavam o meu sono, o problema de tomar chá antes de dormir era a vontade de urinar, eu me controlava, esperava o dia clarear, havia os ovos no tapete à porta do banheiro, eu poderia pisá-los no escuro, mal amanhecia e eu não resistia em tocá-los, os meus ovos cobertos pelo tecido macio do vestido, eu tateava com a ponta dos pés os seus contornos, para contá-los, a bexiga prestes a estourar, quarenta e nove, cinquenta, cinquenta e um, eu sabia, se eu fosse cuidadoso eles permaneceriam ali para sempre, os meus ovos, eu os saltava, eu urinava amarelo, minha amiga explicou, o amarelo da urina era por causa das impurezas, o chá retirava as impurezas do organismo, eu voltava para a cama aliviado, com o mesmo cuidado ao saltar novamente o tapete, eu sabia, eu me levantava no escuro, a qualquer hora poderia pisá-los, ou mesmo alguma visita desavisada fazê-lo, mas felizmente eu não recebia visitas, desde que passei a botar ovos eu nunca mais recebi visitas, havia uma razão para os ovos estarem ali, no meio do apartamento, os ovos acumulados no tapete estariam sempre presentes, preservados, ali eles exigiam atenção total, além do mais, o perigo de eu pisar neles era remoto, eu tinha o hábito de olhar muito bem onde pisava, minha amiga até comentou certa vez que eu andava cabisbaixo, foi antes dos ovos começarem a vir, foi desagradável ouvir, eu me magoei, ela quis dizer que eu sempre olhava para o chão por medo de encarar a vida, ela foi ainda mais indelicada ao dizer que eu não estava preparado para ouvir críticas construtivas, não se deve apontar os defeitos alheios, eu respondi, eu espero que ela tenha compreendido, afinal nós somos amigos, sim, apesar de grosseiras, as observações dela eram pertinentes, eu me desculpei, eu expliquei a ela a minha susceptibilidade, talvez ela não tenha aceitado as desculpas, depois do incidente ela não voltou, nem para buscar o vestido, a ausência dela foi até providencial, pois eu gastava cada vez mais tempo nos preparativos para botar os ovos, seria quase impossível compartilhar com ela o pouco tempo livre, mas mesmo me sentindo aliviado por não desperdiçar com ela o tempo dedicado aos ovos, eu sentia saudades dela, dos pequenos rituais que fazíamos, tomar banho com pétalas de rosa, fumar um cigarro depois de arrumar a cozinha, ouvir música com os olhos fechados, meditar na praia ao amanhecer, acender velas nas pedras da cachoeira para as entidades da natureza, os rituais que nós inventamos, atos ligados ao sagrado, ela dizia, o ato de botar os ovos seria um ritual, seria um ritual tomá-los à mão e os cheirar, aconchegá-los dentro do vestido, nós estudávamos astrologia, minha amiga descobriu que os planetas Urano, Saturno e Netuno estavam em trânsito em posições conturbadas do céu na data do meu nascimento, era terrível, eu não entendia bem o que significava, fingia entender, quando ela ia embora eu procurava na enciclopédia, existem doze casas astrológicas, a posição dos planetas e da lua e do sol na hora do nascimento definem o signo e o destino das pessoas, existe uma infinidade de combinações entre os planetas entre si, entre os planetas e o sol e a lua, entre os planetas e as casas astrológicas e os signos zodiacais, a astrologia é uma ciência complexa, quem sabe eu encontraria no mapa astrológico a explicação para a minha situação, eu pediria à minha amiga para fazer os cálculos, sim, quando ela voltasse a me visitar, os amigos são para essas coisas, ela diria, ela me abraçaria, eu sentia saudade dos abraços dela, dos conselhos dela para não cortar as unhas à noite, para evitar comer carne vermelha, para concentrar em um desejo ao acender as velas, para lembrar dos sonhos ao acordar, eu contaria a ela sobre os ovos, eu sou muito afetuoso, eu ainda não falei das sandalhinhas de dormir, bordadas com três contas de vidro coloridas, elas combinavam com o tapete do banheiro, eu não me lembro como elas vieram parar aqui, pode ter sido presente de minha amiga, sempre que viajava ela me trazia uma lembrança, mas existiria algum lugar no mundo cujo souvenir fosse tapete e sandalhinha de feltro bordados, não que fossem feias, pelo contrário, elas eram muito confortáveis e macias, minhas sandalhinhas de quarto, elas aqueciam os meus pés quando eu me levantava durante a madrugada, um homem não deve se dobrar à opinião alheia, um homem deve usar aquilo que lhe convém, sandalhinhas de parturiente, sempre que eu calçava as sandalhinhas eu não podia evitar a associação à gravidez, eu tenho a plena convicção do meu sexo, eu urino em pé, eu faço a barba com água morna dia sim dia não, eu não sou mulher para ter pensamentos e sensações de parir, botar ovos é diferente, eu os punha, sim, meus cinquenta e dois ovos, eu os contava e recontava, após os lavar em água morna eu enxugava os ovos na toalha de rosto e os cobria com o vestido de cetim cor-de-rosa sobre o tapete de feltro no banheiro, calçado nas sandalhinhas bordadas, presentes não vêm ao caso agora, os ovos me constrangiam, antes dos ovos a minha vida cotidiana era regulada, uma espécie de relógio interno, eu acordava com o nascer do sol, sentia fome por volta do meio-dia, eu me deitava para dormir antes da meia-noite, quando os ovos começaram a vir eu vedei a janela do quarto, sem ver o céu eu não sabia se era dia ou noite, mas eu percebi que os ovos vinham em ciclos, eles vinham regulares, como as marés, as ânsias precediam as contrações, as dores da postura propriamente dita, depois a imersão na água morna eu lavava e enxugava o ovo, todos os dias, cinquenta, cinquenta e um dias, meu relógio interno se adaptou ao ciclo dos ovos, as forças ocultas do universo, eu comecei a lembrar dos sonhos como minha amiga tinha sugerido, eu sonhava com doenças que corroem o corpo por dentro, com estrelas de sete pontas, com carneiros, com punhais de prata, com hieróglifos desenhados na areia, eu sei, os símbolos dos sonhos são explicáveis, as coisas da mente não são mentiras, eles são energias do inconsciente da pessoa, eu me lembro de um, um demônio vermelho celebrava uma missa atrás de uma espécie de altar de igreja, uma missa negra, eu esperava contar o sonho à minha amiga quando ela voltasse, ela encontraria uma explicação plausível para as hóstias feitas de fezes consagradas no pesadelo, nessa época os ovos ainda estavam sobre a minha cama, eu acordei apavorado, eu não conseguia me movimentar, eu estava deitado sobre o molhado, durante o sonho eu tinha urinado, eu estava fraco para me levantar e tirar todos os ovos, virar o colchão, estender um lençol seco, colocar os ovos de volta, eu estava carregado de energias negativas, minha amiga diria, era possível, eu sei, eu li na enciclopédia sobre as pessoas regidas por Urano, elas são manipuladas por energias telúricas vindas da psiquê, não há conclusão definitiva, o certo é que os sonhos desregulam o meu relógio biológico, para evitar os pesadelos eu protelava ao máximo a hora de dormir, quando dormia eu acordava com o pesadelo, eu permanecia horas imobilizado, encolhido na cama, molhado de urina, até recompor as forças, eu me levantava para trocar o lençol, foi aí que aconteceu, o ritmo regular da postura se quebrou, os ovos passaram a vir, inesperados, eles vinham a qualquer hora, nem sempre vinham precedidos pelas ânsias, vinham um em seguida ao outro, ou às vezes não vinham, o que eu faria se viesse um durante o sono, essa irregularidade me desestruturou, depois de quase dois meses, ininterruptos, eles poderiam deixar de vir, e se os pesadelos tivessem vindo para substituir os ovos, seria terrível, eu preferiria a anormalidade de botar ovos que viver o pesadelo diário da normalidade, eu deveria ter contado à minha amiga, ela me levaria a uma cachoeira para reequilibrar as energias, nós conhecíamos uma cachoeira, descia-se um precipício saltando entre as pedras, de longe ouvia-se o barulho da água despencando, eu queria ter ido lá, levaria duas velas, eu me deitaria entre as pedras, mergulharia na água fria para expurgar os maus fluidos, talvez os pesadelos desaparecessem e os meus ovos voltassem a se manifestar com regularidade, os meus ovos, eles não vinham mais, eles pararam de vir, não que eu estivesse desesperado, era uma espécie de perplexidade, eu já estava acostumado, por mais de cinquenta dias eles tinham me instalado o hábito, os meus horários mudaram em função deles, e, de repente, eles me abandonavam, os meus ovos não vinham mais, eu não podia mais passar sem eles, se eu captasse um pouco de energia da cachoeira, havia na cozinha um maço de velas, talvez os ovos voltassem a se manifestar, ou talvez eu os esquecesse, sim, eu iria à cachoeira logo ao amanhecer, eu acenderia duas velas entre as pedras, eu pediria, mesmo que o equilíbrio fosse o desconforto de voltar a por ovos, eu me deitei, eu precisava dormir, as minhas pernas tremiam, batiam-se descontroladas sobre o colchão, podia ser um ataque convulsivo, eu nunca tive isto antes, eu desconhecia diagnósticos de convulsão ou epilepsia em minha família, as minhas pernas tremiam, devia ser efeito de esgotamento nervoso, as energias do corpo ou do cérebro entraram em curto-circuito por causa da mudança, eu não botava mais os ovos, eu me esforçava para controlar a crise, para manter as pernas paradas, eu inspirava o ar, expirava e inspirava de novo, mas os esforços eram inúteis, eu precisava urinar, minha amiga contou sobre espíritos maus encarnados nas pessoas, eles tomavam o controle sobre elas, sim, era isso, eu andava tão instável, tão desequilibrado com a falta dos ovos, era possível algum espírito ruim tivesse tomado conta de minhas pernas, minha amiga pediria auxílio em horas de desespero, eu não acreditava naquilo, de espíritos, e com qual intuito se incorporariam em mim, eu não sabia, de qualquer forma devia rezar, era engraçado, eu não tive formação religiosa, eu não acreditava em espíritos, ave-maria cheia de graça o senhor é convosco, pai-nosso que estais no céu, eram as únicas rezas que eu sabia, as rezas que minha amiga tinha me ensinado quando fazíamos os rituais, eu repetia as frases, os tremores aumentavam de intensidade, bendito o fru-

to do vosso ventre, rogai por nós, os dedos dos pés não obedeciam o meu comando, eu suspendia o vestido pela bainha, enfiava a cabeça, mordia e tirava a cabeça, era o tronco de um corpo, um corpo de mulher de dentro do vestido, eu o devorava bocado a bocado, a cada mordida eu suspendia com as mãos a bainha do vestido, enfiava a cabeça dentro e retirava, minha cara estava lambuzada, de sangue e de um líquido grosso, marrom, misturado, eu enfiava a cabeça no vestido, mordia, enchia a boca de carne quente, retirava a cabeça, ajeitava a bainha do vestido, eu mastigava devagar, erguia de novo a bainha, abocanhava outro pedaço, tinha um gosto esquisito, um corpo pequeno, eu não compreendia, como podia ser o corpo de minha amiga dentro do vestido, os braços estendidos, eu não sabia se já tinha comido as pernas, eu não acreditava, onde estariam os fêmures, as tíbias, as fíbulas, ela estava cortada, à altura do ventre, por onde eu comia, a expressão serena dela, os olhos fechados não demonstravam violência, eu me perguntava, onde estariam meus ovos se o corpo dela ocupava o vestido onde os ovos estavam guardados, onde estariam eles, podia ser outra espécie de ritual sugerido por minha amiga, um sacrifício, talvez, mas oferecido a qual entidade, eu estava emocionalmente desequilibrado, eu não sou capaz de matar nem uma mosca, nem uma barata, eu mastigava sem interromper, entre os astecas há um sacrifício, prendem a vítima à pedra, abrem-lhe o ventre e oferecem seu fígado ao sol, o sagrado, sim, meu sagrado está na solidão, como minha amiga tinha chegado ao apartamento sem tocar a campainha, sem eu ter aberto a porta da sala, será que ela não tinha ido embora depois da nossa última discussão, será que ela tinha se escondido, será que me observava o tempo todo em que os ovos vinham, seria ela a culpada por meus pesadelos, podia ser um pesadelo dentro do pesadelo, será que ela voltaria com os ovos, onde ela os teria guardado, será que eu a tinha matado, eram perguntas absurdas, minha amiga não agiria de forma tão monstruosa, ela não tiraria os ovos do lugar sem antes me comunicar, ela não me espreitaria por tanto tempo, cinquenta, cinquenta e dois dias, não, eu teria notado, ela se cansaria, ela faria barulhos, ela deixaria vestígios, ela não abriria mão de seus compromissos para vigiar os pesadelos de um homem que põe ovos, como ela mexeria nos ovos se estava cortada pela metade, não, minha amiga, por último foi a convulsão, eu estava molhado de suor, as pernas ainda estremeciam, os espasmos cada vez mais fracos, agora na hora da nossa morte, santificado o vosso nome, eu precisava calçar as meias e os sapatos para ir à cachoeira, eu estava exausto, tinha funcionado, sim, minhas pernas repousaram, um cansaço enorme se apoderou de mim, o lençol e o colchão estavam molhados de suor, de urina, a sonolência não me deixava pensar, minha amiga, os ovos, eu não sabia se era pelo efeito das orações ou se as pernas pararam por si, não importava, ou, importava sim, porque eu teria que mudar os meus pontos de vista sobre o assunto, mas não naquela hora, eu precisava me levantar, senão ficaria tarde para caminhar até a cachoeira, eu não me lembrava onde estavam as meias e os sapatos, os meus ovos, ainda pensei em usar as sandalhinhas, eu preciso encontrar os ovos, sim, tenho de procurar na enciclopédia as causas daquilo, se os meus ovos estavam protegidos, eu preciso verificar na enciclopédia, a campainha, eu não sei, o espelho, eu estava agachado sobre o tapete de feltro, eu procurava os sapatos, as meias, eu procurava os meus ovos, calçado com as sandalhinhas bordadas com três contas de vidro, vestido no vestido cor-de-rosa, o gosto horrível de ovos na boca, a campainha, a porta, os volumes da enciclopédia enfileirados na estante, a campainha, deve ser minha amiga, sim, só pode ser ela, ela deve ter vindo para se desculpar, será que tomou muita chuva?

Mário

"Nunca mais fui nada"

(Vicente Celestino, do recitativo de "O Ébrio")

1

Faz frio. Um pássaro pia, pausado, nas árvores. Longe, o lago é como vidro fosco cor de chumbo, margeado por uma linha escura, irregular, de ciprestes, há muito tempo plantados por meu avô. Sentada sozinha na varanda, minha avó enxerga apenas uma mancha indistinta onde os ciprestes se desfocam e o jardineiro capina, ou ainda mais próximo, onde os musgos levantam as placas nas juntas do calçamento. Há insetos ressecados e asas de mariposas presos nas teias de aranha no madeirame do telhado. Uma lagartixa espreita. O cão cinzento ressona, aninhado às rodas da cadeira.

A velha respira forte todo o ar que a circunda. Balança a cabeça ao compasso lento dos segundos. Ela mede o tempo, grão a grão. Os anos que escorrem. Os últimos estertores da destruição. Dela, da casa, da família, do mundo. Ela rumina as lembranças.

Então a grande dama esclerosada desperta do estado letárgico. Está com frio. Chama minha mãe. "Ema!", ela grita.

Ema surge na varanda. Tem olheiras profundas, escuras, máscara em contraste com o rosto branco. Ema tenta controlar-se, rancor e compaixão misturados. Todos esses anos ela nada mais foi que governanta, enfermeira, empregada. Mesmo inválida, minha avó espezinha Ema. Para mais uma vez culpá-la da decadência, da destruição.

De propósito, a velha enfia os dedos entre os raios da roda. Ema explode em soluços. Abandona a cadeira. Os dedos de minha avó sangram.

Elisabeth observava da porta da sala. Aproxima-se em silêncio. Empurra a cadeira até o quarto, limpa a ferida. Depois acomoda com cuidado a velha na cama. "*Merci, mademoseille*", a velha agradece. Elisabeth afaga-lhe os cabelos até ela adormecer e esvanece na penumbra do quarto. Silêncio. Só o som do ressonar da velha e o vento pelas frestas da janela.

2

Ema tinha quinze anos quando conheceu meu pai. Ele, vinte e cinco. Engenheiro. Romance de folhetim. Ela era a filha mais nova de um amigo de meu avô. Bonita e impetuosa. Apaixonaram-se, fugiram para o Rio de Janeiro. Semanas mais tarde apareceram de alianças nos dedos. As famílias romperam relações. Minha avó acolheu os recém-casados e culpou Ema pelo gesto inconsequente de meu pai. Com o nascimento de Ramon minha avó abrandou-se. Durante a gravidez minha avó duvidava ser Ramon filho legítimo de meu pai. Até Ramon nascer. O primeiro neto, mesmo que fruto do casamento espúrio. Ele era idêntico ao meu pai. Minha avó apossou-se dele. Ema só se aproximava do filho para amamentar. Ela engravidou de novo, perdeu o bebê e quase morreu no parto. Aos dezenove anos. Ema narrava e se engasgava. Lágrimas escorriam.

Depois eu nasci. Minha avó me rejeitou. Eu não possuía qualquer traço de meu pai, eu era todo Ema. Talvez por isso ela tenha se apegado a mim. Eu fui a sua tábua de salvação. No meu quinto ano de vida, meu pai foi trabalhar na construção de uma ponte em Mato Grosso. Depois de se instalar, nossa pequena família se reuniria em Cuiabá. Começar vida nova, longe da tirania de minha avó, era o sonho de Ema. Meu pai adoeceu subitamente e morreu em seguida. Febre amarela. Outra vez minha avó culpou Ema pela desgraça. Nunca mais lhe dirigiu a palavra. Por décadas.

3

As sombras nos cômodos, as janelas sempre fechadas. A casa onde os vivos misturam-se aos mortos. Os retratos espreitam das molduras. Tudo é frio, tudo é empoeirado de lembranças. A hera do tempo engendrou-se nas juntas, aninhou-se nos buracos, nas fendas do assoalho. Nossa felicidade cobriu-se de teias de aranha. As traças corroeram tudo. Tarde, noite, dia, a mesma sensação silenciosa de corrupção. Falta ar. A angústia de estar emparedado vivo. No útero. Eu sou um velho bêbado. Eu sou nada. Nem a loucura alivia-me de mim. Eu remoo ódio surdo ao deus que me deu os ouvidos, os olhos, a pele, as vísceras, o sexo.

O vento zune nos frisos da janela, crispa o lago, verga os ciprestes. Lá fora há música alegre no rádio que o jardineiro ouve. Há homens e mulheres que dormem, amam e morrem. Os barulhos da tarde misturados, os gritos de minha avó, os soluços de mamãe, o farfalhar do vestido de Elisabeth, os sons vindos do quarto contíguo ao meu. O quarto de Ramon e Elisabeth, antes. Agora, o quarto de Ramon. O túmulo.

Antes pelo menos havia as aulas. Eu conduzia os meus alunos, todos os dias, para o meu mundo de ruínas. Dia a dia eu os sufocava, mentiras, deuses mutilados, semideuses roídos pelas traças, heróis tombados em planícies ensolaradas, colunas de pedra, pilares, altares de sacrifício. Eu me construí sobre as escórias. Dediquei minha vida, os meus estudos a elas, eu me apeguei. Os sonhos de juventude soterrados. Eu venerava, admirava, dissecava aquele entulho, eu era parte dele. E ainda sou, ruína, escombro, pó. "Desprovido da habilidade e do conhecimento para fazer um portal na fachada do edifício, critico e lamento a própria arquitetura", eu escrevia no quadro negro no primeiro dia de aula, frase gravada hoje no pórtico de algum corredor da minha memória.

4

Elisabeth tinha nove anos quando seus pais morreram em um acidente automobilístico. Minha avó era sua última parenta viva, por isso ela veio morar conosco. De imediato, Elisabeth conquistou o coração de minha avó e preencheu o lugar da nossa irmã caçula. Fomos criados juntos. Ramon, eu, Elisabeth. Adolescentes, nós pactuamos compartilhar os nossos segredos. Nós nunca nos separaríamos. A completude, a cumplicidade, as paixões... Os anos mais felizes de nossas vidas.

Tão plena era a minha felicidade, tão puro e intenso era o meu amor por meus irmãos que muito tarde eu percebi o rompimento do pacto, o fim. Só me dei conta na noite em que eles anunciaram o casamento.

Eu afastei o prato, levantei-me da mesa. Os nossos planos estilhaçavam-se. Traição! Foi a morte em vida. Engasgado pelo desespero eu saí da sala, bati a porta, atravessei o jardim e caminhei, corri como louco na direção do lago. Eu queria ser tragado pela água. Ventava, fazia frio e relampejava longe, era novembro, armava-se uma tempestade. Que um raio me fulminasse. Eu preferia a morte a aceitar a traição. Eu me vingaria. Vingança surda, remoída, cruel. Caíam os primeiros pingos da chuva, grossos. Eu rodava em torno de mim mesmo, gargalhava desnorteado.

Ramon veio atrás de mim, me segurou, eu o empurrei, lutamos, rolamos no chão. Por fim, quando ele dominou a minha fúria eu me deixei ficar, criança indefesa nos braços dele, meu irmão mais velho. Nós choramos, as nossas lágrimas corriam juntas, misturadas aos pingos grossos da chuva, bebidas pela terra.

Quando entrei em casa eu tremia de febre. Ramon me levou para o quarto, tirou minha roupa molhada, me enxugou e me vestiu, enquanto minha mãe trazia conhaque. Fiquei muito mal. Durante dias os vômitos me exauriam, eu não me alimentava, a febre não cedia. Tosse, espasmos, expectorava sangue. Pneumonia. Suspeitou-se de tuberculose. Elisabeth e minha mãe revezavam-se para cuidar de mim. Eu delirava. Eu implorava aos deuses que me deixassem morrer à míngua. Eu vi meu pai à cabeceira. Invoquei a mesma morte dele.

Eu odiei Ramon, eu odiei Elisabeth, eu os amaldiçoei com todas as minhas forças. Tivessem eles filhos estúpidos, prosperassem em uma hipócrita e mesquinha vida conjugal, comemorassem obesos e medíocres as bodas e morressem privados para sempre dos voos arriscados ao desconhecido, com os quais tanto sonhávamos.

Era inveja. Eu me corroía de inveja. A inveja escorria entre meus dedos.

Eu estava obcecado para entender os motivos da traição, a razão deles me deixarem de fora. Eu estaria para sempre excluído. Eles foram fracos, eles tiveram medo dos nossos ideais, da nossa liberdade, eles tiveram medo de mim. Poderiam ter me contado antes. Mas esperaram que a casualidade ensaiada do anúncio diluísse a força daquelas palavras de fogo.

Aos poucos minha saúde restabeleceu-se. A doença foi um prolongado hiato entre o jantar de quando casamento foi anunciado e aquele no qual eles marcaram sua data. Era a primeira vez que eu me sentava de novo à mesa. Terminamos de tomar o café, a sobremesa, o licor. Com falsa alegria eu apertei a mão de Ramon, beijei o rosto de Elisabeth e aceitei o convite dos dois para ser o padrinho.

5

Elisabeth e minha mãe prepararam às pressas o enxoval. Apesar da vontade de Ramon de casar apenas no civil, minha avó não abriu mão da solenidade. Nem que fosse para um número reduzido de convidados. Os recém-casados se apossaram do quarto maior. Era o quarto ao lado do meu. Nós seríamos eternamente cúmplices de todos os ruídos noturnos, a infelicidade, a maldição. Eu bebi champanhe em excesso. Nos meus delírios ébrios, eu enxerguei através da parede os meus irmãos se amando, os meus irmãos mortos.

Noite após noite os pesadelos prosseguiam. Certa noite eu acordei sufocado. Queria gritar e a voz ainda presa ao sonho não saía. Eu me levantei no escuro. Sem saber onde estava, não encontrava o interruptor do abajur na cabeceira da cama. Senti a garganta seca. Sentei-me até me situar, até tomar pé da realidade. Molhei o rosto. No escuro a casa tinha crescido, o corredor se estendia interminável, prosseguimento do pesadelo. Eu me dirigi à porta do quarto do casal. Ouvia o ressonar deles.

Bati de leve. Ramon perguntou quem era. Eu me calei. Ele repetiu. Voltei a meu quarto antes que ele abrisse a porta. Vertigem! Eu quase me salvava do irremediável e tive medo. Eu abandonei a sorte, a salvação possível. "Abre, Ramon, eu não consigo dormir, nós temos muito a conversar", eu teria dito. Se eu acenasse a eles a minha trégua esfarrapada, se eu segurasse o braço estendido de meu irmão e sua esposa, minha irmã também, os únicos seres que eu amava mais do que tudo no mundo, nós nos salvaríamos. Amanheceria, os dias voltariam a ser azuis, as nuvens passariam devagar, a alegria, a claridade, a nossa juventude perdida voltariam à casa. Mas nada disso aconteceu. Só a madrugada lenta da minha insônia.

6

Quando papai ainda era vivo armavam-se tendas transparentes de felicidade pela casa aos domingos. Os primos ruivos, as empregadas poliam os talheres, enxugavam a porcelana, as licoreiras, frutos coloridos nas baixelas, valsas na radiola. Ema coordenava as empregadas, conversava com as tias, servia a sobremesa, cedia ao abraço de meu pai, sorrindo sempre, mesmo com a ostensiva indiferença de minha avó. Depois do almoço brincávamos no gramado, os menores dormiam e os adultos conversavam estendidos nas espreguiçadeiras na varanda.

Hoje é o dia do aniversário de Ema. Uma imitação pálida daqueles domingos. A empregada espana os móveis, põe ao sol as almofadas das poltronas, bate a poeira do tapete da sala de jantar. Elisabeth confeita o bolo. Espalham-se rosas vermelhas nos vasos, muitas, as preferidas da aniversariante, colhidas pelo jardineiro. Ramon escolhe as músicas. Encaixam a cadeira de rodas de minha avó à cabeceira da mesa. Quando ainda estava bem ela não se sentava conosco naquela data. Mas agora tanto faz, a velha dama caduca. Elisabeth senta-se de um lado, Ema do outro. Mesmo com todos os anos de rejeição, mesmo com a total inconsciência de minha avó, Ema ainda esforça-se para agradá-la, atrair para si migalhas de simpatia.

Ramon senta-se ao lado de Elisabeth. Eu de frente para eles. Ainda colocam os pratos e talheres para meu avô e meu pai. A pompa ridícula da empregada a nos servir. Os olhares furtivos que eu e Ramon trocamos ao levar o garfo à boca, ao encher a taça de sidra, ao limpar a boca no guardanapo. Silêncio pesado. Refeição de mortos, nós, ectoplasmas amarrotados e lívidos como a toalha, nós ainda insistimos. Sobremesa de doce de ovos, feito por Ema, e café com gosto de azedo. Elisabeth conduz a velha para o quarto. Contará histórias, mesmo sem a velha entender. Até que durmam, Elisabeth ereta na cadeira.

Depois do almoço Ema, Ramon e eu sentamo-nos na varanda. Lado a lado. "Meus filhos!", ela se orgulha. Revira o passado como se mexesse o doce de ovos no fogão de lenha, para não grudar no fundo do tacho. "Nossa família é muito antiga", ela diz. Fala sem convicção. Como se nunca tivesse sido rejeitada, como se com a decadência agora fosse autorizada a finalmente ingressar na família.

Ela conta como era bonita. De como ela conheceu papai em Belo Horizonte em sua festa de quinze anos. Do terno bem cortado dele, o bigode, risco de lápis preto sobre os lábios. Do cheiro de colônia, brilhantina e charuto que ele exalava. Da fuga. Do casamento no civil e da chegada deles na casa. Fala de papai, perdido no meio da floresta, na Bolívia, atormentado por mosquitos do tamanho de mariposas. Das cartas, da morte súbita.

São frases repetidas trinta, cem, quinhentos, um milhão de anos. Quando o tempo finalmente jogar seu peso sobre ela, frente ao espelho, as rugas, que até aquele instante se escondiam sob a pele bem cuidada, surgirão e transformarão o rosto dela em pergaminho. As peles se soltarão, flácidas, dos ossos, as mãos encarquilhadas, vergar-se-á a espinha dorsal. Somente então Ema constatará: "estou velha".

Absorto nas minhas próprias recordações eu deixo de ouvir o que Ema diz. Retomo o assunto quando ela lamenta a falta de netos. Ela olha para mim primeiro, depois para Ramon. Como se fôssemos culpados. Ramon se encrespa. Levanta-se, caminha até o jardim. Arranca moitas teimosas de mato nos canteiros. O silêncio é quebrado pelo ronco de um avião que desenha um risco branco no céu. Eu tomo coragem para, de uma vez por todas, ordenar a ela nunca mais tocar naquele assunto. Ela se assusta. Ri, sem graça. Arrepia-se, esfrega as mãos nos braços: "faz frio!" O tempo nos empurra para outro compartimento estanque.

7

O mato aos poucos invade o jardim. Chegará à varanda, à sala, à copa e aos quartos. Avançará durante o nosso sono ou a nossa falta dele. Ainda há tempo para nos salvar. Não mais com palavras idiotas. A juventude já se foi. Nós nos salvaremos pelo sofrimento.

Abro a janela. O frio entra no quarto. A massa densa de escuridão começa no retângulo recortado da janela e termina do outro lado do mundo. Em vão eu tento varrer o silêncio, os rastros da felicidade perdida, as guarânias do passado. Em vão eu tento arrancar Ramon do pântano das nossas existências. Não. Nossa felicidade repousa sob o mármore da lápide da nossa família.

A via-crúcis tem início. Os passos de Ramon no corredor, os nossos gestos, os nossos atos repetidos, todos os dias, logo depois que anoitece. Ramon busca o rosto de sua Elisabeth do passado nas imagens da televisão. Como eu procuro o meu próprio rosto entre as sombras vindas da janela. Bebo vinho adocicado, vinho de igreja. O cão cinzento late. Nós sabemos, só nos restará o desassossego.

Durante séculos eu contarei esta história para mim mesmo, madrugada adentro. Durante séculos as lembranças ainda dançarão no ar, antes de desaparecerem por completo, sob o tapete, sob as molduras dos retratos na sala. O tempo dá voltas e para no mesmo lugar. Encarrega-se de secar, gota a gota, as nossas lágrimas. As nossas lembranças.

Um vento que penetrasse pela casa. Derrubasse os retratos das paredes. Revolvesse os murmúrios da velha e de Elisabeth, a dor vazia de mamãe. Calasse o chiado do rádio do jardineiro, a canção da empregada na cozinha e apagasse as chamas azuis do fogão.

Varresse os suspiros de Ramon. Estancasse indeciso. Arrancasse a porta dos batentes e levasse para sempre a minha insônia. Átomo a átomo, desintegrasse tudo, todos.

Amanhece. Detrás da cerca de ciprestes, na linha do lago, o jardineiro capina.

O Aniversário de Berta Strubb

Mesmo no dia do seu septuagésimo aniversário Berta Strubb acordou de maneira idêntica a todos os outros dias. Demorou a convencer-se da necessidade de se levantar. Os ossos porosos rangeram ao revirar-se debaixo da coberta. Uma trilha de formigas saía de algum lugar do rodapé e era engolida, alguns palmos acima, pelo quadro de paisagem na parede ao lado da cama. Iluminados pela fresta de sol vinda da janela, partículas de poeira e pelos dos gatos suspensos no ar formavam uma tira de estrelas e nuvens de gás radioativo recortados de uma galáxia microscópica com cheiro de alecrim, mofo, suor velho e naftalina. Ela bocejou. Fechou os olhos. Cochilou de novo. Mais meia hora.

"Parabéns, Berta Strubb, você está ficando cada dia mais decrépita", foram as suas palavras ao despertar pela segunda vez. Eram palavras impiedosas. Ela tinha envelhecido, sim. Os cabelos brancos na escova, os cílios ralos, as manchas marrons nas costas das mãos. Nada demais, marcas óbvias da idade. Estava bem conservada. Com saúde. A pele do rosto quase lisa. Mas ela sentia-se murcha. Por dentro e por fora.

Tinha planejado uma programação especial para comemorar o dia do aniversário. Cumpriria à risca. Passear no centro, nas lojas, almoçar no restaurante vegetariano, uma taça de vinho, cinema e voltar para casa a tempo de ouvir os "Clássicos de Todos os Tempos" pela rádio FM.

No passado ela deu aulas particulares. De alemão. Para complementar a renda deixada pelo pai. Ela e a mãe levavam uma vida regrada, mas sem atropelos. Aos trinta anos viveu uma experiência amorosa (sem cenas apaixonadas, sem acrósticos, sem dedicatória ou flor seca entre as páginas de um livro, nada). Serviu para ela constatar que não tinha sido moldada para o matrimônio. Largou as aulas para cuidar da mãe, abatida por um câncer devastador. Até o dia em que a morte veio e levou a mãe na carroça puxada por uma parelha de cavalos pretos. Não era nostálgica. O passado era um arquipélago de ilhas desinteressantes com praias turvas e cobertas de cascalho. Quando sentia saudade ela espantava a lembrança com um gesto impaciente da mão. Devia alegrar-se. O passado tinha sido coberto pelo mar.

Depois da morte da mãe, Berta Strubb podia ter vendido tudo, comprado um apartamento. Preferiu continuar na casa. Ainda pensou em retomar as aulas. Adiava sempre. Acostumou-se a acordar tarde. Lia a revista da semana, livros da biblioteca pública, o jornal de domingo. Cuidava dos gatos. Arrancava mato do quintal. Cozinhava com o rádio ligado. Em quantidade suficiente para requentar no dia seguinte, e no outro. Cochilava no sofá da sala após o almoço. Quando terminava o telejornal da noite, ia para a cozinha preparar doces, compotas, guardados em potes de vidro na prateleira da despensa. Para depois trocar receitas com as colegas do curso de culinária, ou para vender no bazar beneficente de fim de ano organizado pela vizinha.

Hora de levantar-se. Os gatos miavam à porta do quarto. Eram quatro: Minnie, rajada de amarelo e branco e seus filhotes. Kathy,

Bittie e Halley, o macho, castrado pelo veterinário quando fez seis meses. Berta Strubb tomou um impulso desajeitado. Sentou-se na borda da cama. Falou com voz esganiçada de personagem de desenho animado: "pobrezinhos dos meus gatinhos! Querem leitinho? Mamãe vai trocar a areia pra vocês fazerem os seus cocozinhos".

Vestiu por cima da camisola o vestido azul-marinho desbotado, de ficar em casa. De manhã ela sentia frio. O tecido gasto e o corte grosseiro acentuavam a largura do quadril. A camisola amarfanhava abaixo do pescoço, os peitos murchos. Alisou a roupa na frente do espelho da penteadeira. Parecida com um saco de batatas. Lembrou da vizinha: "a senhora engordou, dona Berta, um regimezinho em nossa idade não é vaidade, é necessidade".

Contra a recomendação do médico (diminuir o açúcar, evitar gorduras, as taxas de glicose, do colesterol, a osteoporose) ela comeu meio pacote de bolachas com geleia, muita manteiga e café com leite. "Para comemorar o nosso aniversário", explicou aos gatos. Ajuntou os farelos sobre o forro, guardou a manteiga e a geleia na geladeira e lavou a louça. Só então abriu a porta da cozinha.

A claridade do dia entrou na casa e desenhou um losango branco nos ladrilhos do piso. Apoiou-se no portal para calçar as botas de borracha.

O terreno era grande, quase uma chácara. A horta já tinha visto melhores dias. O mato encobria a cerca de varas de bambu, meia dúzia de pés de tomate, pés de couves compridos com folhas roídas por lagartas, uma abóbora suja de terra. No pomar, duas laranjeiras frutificavam laranjas de tamanhos desencontrados. Os pássaros bicavam as goiabas brancas, as goiabas vermelhas. Os abacates esborrachavam no chão. As jacas ressecavam, peitos ásperos pendidos do tronco. As mangas podres espalhadas sobre a camada de folhas secas. O pé de carambola estava carregado. Os galhos mais pesados pendiam até quase encostar no chão.

Uma profusão orgânica, fartura, esbanjamento, perda.

O quintal era o território irregular e heterogêneo onde se reproduzia o caos com o qual ela se identificava. O caos ao qual ela submetia-se, passiva, às leis que precederam a criação do mundo. A fertilidade desperdiçada, o silêncio onde ela cabia, onde ela se sentia apaziguada. Mesmo sem compreender. Logo ela, uma mulher previsível, uma mulher sem arrebatamentos. A sensação era tão indistinta que nem se transformava em pensamento.

As moscas, o húmus, o barro grudado na sola das botas de borracha.

Depois do período das chuvas ela chamaria o jardineiro.

Podia colher os frutos que quisesse, fazer uma compota para comemorar o aniversário (os pentágonos cortados, estrelas-do-mar boiando no aquário de açúcar), podia até inaugurar a temporada do doce de carambola. Desistiu. Por preguiça. Porque era seu aniversário. Porque tinha um compromisso agendado consigo mesma. Porque imaginou o comentário da vizinha ao provar do doce: "uma delícia! mas ficou um pouco duro, a senhora não acha, dona Berta?" Colheu uma fruta grande, por desencargo de consciência. Ao abaixar-se, os ossos rangeram de novo.

Encostou-se ao esteio da cerca de arame farpado. No tempo da mãe havia ciprestes. Cortaram quando a vizinha se mudou para lá. Encontrava a vizinha ali quase todas as manhãs. "Bom dia, dona Berta, melhorou do reumatismo? A senhora não tem medo de morar sozinha? Devia arranjar uma companhia, uma menina para fazer faxina, um caseiro para capinar o quintal, podar as árvores, cuidar da horta. A gata miou a noite toda no telhado aqui de casa.

Dá licença, dona Berta, eu vou colocar o feijão no fogo, hoje o Zé vem almoçar em casa. Até amanhã, se Deus quiser."

De vez em quando ela vinha, à noite, na hora da novela. "Que horror essa guerra, tantos crimes, tanto inocente sofrendo." Berta Strubb oferecia café, um doce, por educação. "Obrigadinha, se eu tomar café a essa hora eu não durmo, dona Berta." Ou: "obrigadinha, eu já escovei os dentes. Eu já vou, o Zé fica preocupado. Boa noite, até amanhã se Deus quiser".

No aniversário do ano anterior a vizinha trouxe uma bandeja coberta por um pano de prato bordado, o marido e uma garrafa de refrigerante: "o Zé comprou guaraná, eu fiz uns salgadinhos e uns brigadeirinhos e um bolinho pra gente comemorar. Afinal de contas não é todo dia que a gente faz sessenta e nove anos". Convidou-os a entrar. Colocou a bandeja sobre a mesa de centro. Tirou Minnie da poltrona, diminuiu o volume da televisão. Ofereceu licor de ameixa. "Não, dona Berta, eu não posso nem sentir cheiro e o Zé não bebe álcool desde a nossa lua-de-mel." Buscou os copos na cozinha, os pratos, os talheres de sobremesa. A vizinha fez questão que ela apagasse a vela do bolo. "Para quem a senhora vai dar o primeiro pedaço, dona Berta?" Era ridículo.

Endireitou os ombros, alongou a coluna, inspirou, encheu os pulmões, soltou o ar devagar. A ida ao quintal, a manteiga, a geleia, soltaram-lhe o intestino. Tirou as botas de borracha. Raspava o barro depois. Colocou a carambola em cima da pia. Correu para o banheiro. Tomou banho, escovou os dentes, lavou os óculos com sabonete, penteou os cabelos, talco Alma de Flores. Esfregou creme em torno dos olhos e nos dois triângulos simétricos marcados pelos óculos no nariz e vestiu-se. Estava pronta para sair.

Voltou para a cozinha. Chamou os gatos enquanto esfarelava

pão dormido no leite das tigelas. Cheirava a azedo. "Prr! Venham tomar o leitinho!" Os bichos lamberam o leite. Ela alisou as costas de Halley: "sossega, mamãe volta logo!" Quando saísse precisava cuidar para o gato não fugir. Por causa dos cachorros da rua.

Caminhou até a parada de ônibus. Respirava rápido, suava debaixo dos braços. O banco de cimento estava frio. Havia poucos ônibus aos domingos. Ela não sabia o horário. Podia demorar. Pena não ter trazido o livro. Passou um carro. Um cão latia com a cabeça para fora da janela.

Até o ônibus chegar.

Sentou-se do lado protegido do sol. Olhava pela janela. Árvores. Muros. Portões. Campo de futebol. Bicicletas. Quando o ônibus parava, ela olhava para os passageiros que subiam. O homem de cabelo oleoso e óculos escuros. Outro vestido com uniforme de vigia. Duas moças conversavam com o motorista. A senhora com um lenço na cabeça e o menino no banco da frente.

Ela estava ficando tonta. Podia ser por causa do movimento do ônibus. Ou a manteiga. Ou o calor. Ou tudo junto. O mal-estar passava se ela não pensasse. Ela estava limpa e cheirosa e era o seu aniversário. Talvez fosse melhor dispensar a taça de vinho. As imagens, o contorno brilhante das coisas do lado de fora, os barulhos, o movimento, tumulto, ela queria pensar em outra coisa. Mas não fixava as ideias. Setenta anos. Quase a idade da mãe quando a doença foi diagnosticada. Ouviu música. Alguém tinha ligado um rádio. Nos últimos dias a mãe só falava em alemão. Elas se pareciam. Se passasse mal em casa, sozinha, telefonaria para a vizinha. A ambulância. A vizinha cuidaria dos gatos? Era um lindo dia. Domingo. Seu aniversário. Devia estar feliz. Uma velha saudável. O futuro. O problema nos ossos. Só. Não tinha medo.

A senhora sentada no banco da frente virou-se. "Você está passando mal?" Não. Era só uma tontura. "Vou descer na rodoviária", Berta Strubb disse. "Vou visitar minha filha", a senhora disse. "Ah!", ela respondeu. Para ser educada. A senhora tinha uma filha. Já estava passando. A outra voltou a olhar para frente.

Lembrou-se do livro. O livro que não tinha trazido porque não teria tempo pra ler, porque pesava na bolsa. A história da mulher que se distraiu e perdeu a parada do bonde. No Rio de Janeiro. Ela se sentia igual à mulher do livro. A mulher do livro desceu em uma rua desconhecida. Na porta do Jardim Botânico. Mas não tinha perigo de Berta Strubb perder-se. Porque desceria no ponto final.

Quantos anos ainda? Dez? Doze? Quinze? Vinte? A avó viveu cem anos. Quando morresse apareceria um parente para fazer o inventário. O marido da vizinha cuidaria do velório. E ponto final.

Quis tocar o ombro da senhora do banco da frente. Perguntar a idade dela. O nome do menino. O ônibus freou.

Se um assaltante apontasse a arma para a cabeça do cobrador. Se o motorista sofresse um ataque do coração e o ônibus se desgovernasse e se chocasse com o carro que vinha na mão oposta. Se explodisse uma bomba instalada por terroristas no assoalho do ônibus. Se começasse um tiroteio. Se um raio caísse. Se um meteorito se chocasse contra o ônibus e os fulminasse, a todos, ali, os corpos estendidos no asfalto, a sirene do caminhão dos bombeiros, a reportagem transmitida ao vivo pela tevê. Seria fácil. Poucos instantes, engarrafamento na rodovia, a identificação dos corpos, o guincho para remover o ônibus, o intervalo para os comerciais, e a marcha das coisas prosseguiria. Como se nada tivesse acontecido. Ela era menos que um grão de poeira. Menos que um átomo. Menos que uma fração da fração da fração de um segundo. Ela nada significava diante da magnitude do acaso. Do caos. Ela não era nada. Ela não possuía nada. Não deixaria nada. Anulação. Não havia expectativas. Nem esperança.

A não ser, talvez, para o menino, no colo da avó.

Se ao invés da bomba, do raio, do carro desgovernado, do meteorito, o motorista manobrasse numa curva súbita, guiasse o ônibus em um sentido inusitado, seguisse, dois mil quilômetros, na direção das dunas, antes de chegar à praia. De quando ela era menina.

Ela descia do ônibus de mãos dadas com a mãe. Era o dia do aniversário dela. Sete anos. A brisa. O barulho do mar. Cavava a areia das dunas. Encontrava uma pedra esquisita, um pedaço de concha, uma garrafa com uma mensagem dentro, um brinco corroído, um osso, botões. A areia amarela manchada por tufos escuros de plantas, oásis em miniatura. Até a praia. As ondas. Ela. A mãe. As duas descalças. Reduzidas a uma mancha pouco mais escura que a areia. Riscavam atrás de si uma linha pontilhada de passos na direção do mar. A mãe mostrava os ovos enterrados na areia. Ela não via. As tartaruguinhas rompiam a casca dos ovos. Arrastavam-se até a primeira onda. O sol. Meio-dia. Os tornozelos maltratados pela areia, pelos espinhos. Os vestidos das duas. O vento. Velas do barco. Tudo. Ela era a menina. O menino parou de chorar. A menina.

O ônibus estacionou no terminal. Ela esperou as pessoas descerem. Estava atordoada. *Como se tivesse saltado no meio da noite.* Atravessou o pátio, as pessoas nas filas. Subiu os primeiros degraus da escada apoiada no corrimão. Avistou a mulher, a senhora, a avó do menino no segundo lance. A velha virou-se. Olhou para ela. Como se despedindo. A mãe. Como se a cumprimentando pelo aniversário.

Berta Strubb parou. Desculpou-se por ter interrompido o fluxo das pessoas que subiam atrás dela. Não havia ninguém. Ela estava sozinha. Parada no meio da escada. "Que perigo Dona Berta, e se a senhora desmaiasse?" Sorriu. Era desamparo, abandono, a escuridão, a luz do mar, a ironia dos degraus dos anos, os frutos podres, a decrepitude, a desintegração, as tartarugas, os botões de osso, o corpo. Queria ir embora. Voltar para casa. Deitar-se de novo.

Mas subiu a escada. Atravessou a rua. Olhou as vitrines. Quando sentiu fome entrou em uma churrascaria. Pediu carne mal passada. Arroz. Maionese. Batatas fritas. Comeu devagar. Também pediu sobremesa. Pêssego em calda com creme de leite. Café, açúcar refinado. Comprou ingresso, entrou no cinema. Estava fresco e vazio lá dentro. As poltronas vermelhas antes de apagar a luz. Não prestou atenção ao filme. A menina brincava com o balde e a pá no meio das dunas. A senhora, a velha com um lenço amarrado na cabeça. O sol ardia nos ombros da menina. Os dedos nodosos da velha comprimiam as têmporas dela. A mão suada da mãe. As unhas grossas da velha prontas para extrair o terçol no canto do olho. Fosse lágrima, apenas uma, e não pus expelido. Para não conspurcar o domingo do seu aniversário.

Ela compraria chocolates para oferecer à vizinha e ao marido, à noite. Voltaria para casa, tomaria outro banho, descansaria no sofá com a luz da sala apagada. Desligaria o rádio quando a vizinha chegasse. Porque nem a vizinha nem o marido gostavam de música clássica. Pensaria na menina, na praia, na hora de apagar a vela. Dessa vez o primeiro pedaço do bolo seria para ela. Para a menina.

Agradecimentos

a Almir Israel, pela leitura atenta dos originais e a Marcela Hollanda, pelas notas nunca menores que sete.

Algumas referências

Caio Fernando Abreu, Pela Noite (O Triângulo das Águas), em A Peça. Clarice Lispector, O Ovo e a Galinha (Felicidade Clandestina) e A Paixão Segundo GH, em Os Ovos; Amor (Laços de Família), em O Aniversário de Berta Strubb. Dalton Trevisan, O Vampiro de Curitiba (O Vampiro de Curitiba), em As Férias Inesquecíveis. Vicente Celestino, do narrativo de O Ébrio, em Mariazinha. Blur, *There's no Other Way (Leisure)* e Antigo Testamento, Daniel, 6, 22, em Daniel na Cova dos Leões.

As personagens e as situações destas histórias desagradáveis são reais apenas no universo da ficção; não se referem a pessoas e fatos concretos, e não emitem opiniões sobre eles.

Este livro foi composto na fonte Fedra Serif B Pro corpo 12,
impresso pela LGE Editora, sobre papel Pólen Soft 80 g.
Foram produzidos 1.000 exemplares, em junho de 2010.

LGE Editora Ltda.
SIA, Trecho 03, Lote 1.760
CEP 71200-030 – Brasília (DF)
Tel.: (61) 3362-0008 – Fax: (61) 3233-3771
lgeeditora@lgeeditora.com.br